Christiane Martini
Die venezianische Schachspielerin

Zu diesem Buch

Die venezianische Katzenbande um den charismatischen Kater Caruso muss wieder einen Mord aufklären: In einem erstklassigen Hotel in Venedig wird eine bedeutende Schachmeisterschaft ausgetragen, zu der zahlreiche hochrangige Spieler und viele Zuschauer angereist sind. Da geschieht ein Mord – und die einzigen Zeugen sind eine alte Signora, die seit Jahren nicht mehr mit Menschen spricht, aber meisterhaft Schach spielt, und der Kater Sir Burma. Carusos Instinkte sind alarmiert, und mit seinen Katzenkollegen fahndet er nach dem Mörder, den Kater Sir Burma gesehen hat. Unerlässliche Hilfe ist diesmal die schweigsame Signora, die in einem der Teilnehmer den Mann erkennt, der sie als kleines Kind entführt hat. Von ihm hat sie das Schachspiel gelernt, und nun stellt sie sich nach Jahrzehnten ihrem damaligen Peiniger erneut beim Spiel der Könige … Der dritte Fall des fintenreichen Meisterdetektivs auf leisen Pfoten.

Christiane Martini, geboren 1967 in Frankfurt am Main, ist Diplom-Musiklehrerin und Absolventin des Konzertexamens. Sie ist Dozentin für Blockflöte, leitet mehrere Ensembles für Alte Musik und hat neben eigenen Kompositionen und Lehrwerken auch ein Kinderbuch veröffentlicht. Unter Verwendung der bekannten Kinderbuchfigur »Laura« (aus »Lauras Stern«) hat sie außerdem eine neue Blockflötenschule verfasst. Christiane Martini lebt mit ihrem Mann und zwei Kindern in Dreieich bei Frankfurt. »Die venezianische Schachspielerin« ist nach »Carusos erster Fall« und »Venezianischer Mord« ihr dritter Katzen-Krimi.

Christiane Martini

Die venezianische Schachspielerin

Carusos dritter Fall

Piper München Zürich

Von Christiane Martini liegen bei Piper im Taschenbuch vor:
Carusos erster Fall
Venezianischer Mord
Die venezianische Schachspielerin

Mix
Produktgruppe aus vorbildlich bewirtschafteten Wäldern und anderen kontrollierten Herkünften
www.fsc.org Zert.-Nr. GFA-COC-1223
© 1996 Forest Stewardship Council
FSC

Originalausgabe
September 2007

Umschlag: Büro Hamburg, Heike Dehning, Stefanie Levers
Bildredaktion: Alke Bücking, Charlotte Wippermann, Daniel Barthmann
Umschlagfoto oben: A. Klammt/plainpicture
Fotomontage unten: altrendo travel, Getty Images (Hauswand mit Fenster) und Norbert Fischer, mauritius images (Katze)
Satz: Filmsatz Schröter, München
Papier: Munken Print von Arctic Paper Munkedals AB, Schweden
Druck und Bindung: Clausen & Bosse, Leck
Printed in Germany ISBN 978-3-492-24923-2

www.piper.de

*Meinen Kindern Katharina und Victor gewidmet,
die sich mit großer Freude und Begeisterung Venedig
erlaufen haben.*

Regina regit colorem.
Die Dame bestimmt die Farbe.

PROLOG

Gierig verschlang die herbeieilende Dämmerung die letzten Strahlen des Tages.

Esmeralda und ihre Freunde spielten Verstecken, oben auf dem Hügel zwischen den vielen Weinstöcken, die zu einem vornehmen Anwesen gehörten. Prächtige Trauben hingen an den Reben und warteten darauf, gepflückt zu werden. Das Gekicher und das Geschrei der Kinder waren bis zum Haus hinunter zu hören. Fröhliche und unbeschwerte Stimmen.

Doch plötzlich wurde es ganz still.

Eine schmutzige Hand hatte ihr den Mund zugehalten. Ein starker Arm hatte sie gepackt und einige Meter mit sich gezerrt.

»Esmeralda, wo bist du?«, rief eines der Kinder.

»Esmeralda!«

Sie wollte antworten, doch die Hand, die ihr den Mund zupresste, ließ keinen Laut heraus. Sie trat mit dem Fuß, zappelte und versuchte, dem Mann in die Hand zu beißen, doch der lockerte seinen Griff nicht im Geringsten. Plötzlich hob er sie hoch und zwängte sie in den Kofferraum eines Autos. Es wurde finster ringsum. Tränen der Furcht rannen ihr über die Wangen. Außer sich vor Entsetzen schlug sie gegen den Kofferraumdeckel und schrie, so laut sie konnte. Panik erfasste sie, die Kehle schien sich zuzuschnüren und ihr die Luft zu nehmen. Ein schreckliches Gefühl von Enge erfasste sie. Das Haar klebte ihr nass am Kopf; wie eine Ertrinkende kämpfte sie um ihr Leben.

Dann versank sie in der Dunkelheit des Schreckens und wurde ohnmächtig.

1. KAPITEL

Ein frischer Morgenwind blies über den Campo Sant'Agostin und rüttelte an den verwitterten Klappläden der alten Villa. Umringt von ihren Katzen, saß Signora Esmeralda Stiviso in einem prächtigen Lehnstuhl. Bartolomeo, der Papagei der alten Dame, hockte schweigend auf seiner Schaukel in einem silbernen Käfig auf dem Tisch. Es war still in dem großen, hohen Raum. Nur ab und zu waren das Schnurren der Katzen, das leise Quietschen der Schaukel und das Klappern der Fensterläden zu hören.

Die Signora trug die weißen Haare zu einem Knoten im Nacken zusammengesteckt. Die leicht gebogene Nase zierte eine dunkle Brille, und um die Schultern hatte sie eine gestrickte, flauschige Decke gelegt. Sie war noch immer in ihr langes Nachthemd gekleidet. Die Augen hielt sie geschlossen. Doch sie schlief nicht. Ihre Finger kraulten unentwegt das Fell einer kleinen grauen Katze, die sie erst kürzlich in den Kreis ihrer Vierbeiner aufgenommen hatte. Es war Camilla, die Katze des Ispettore Castello und Gefährtin von Caruso, dem venezianischen Katzen-Meisterdetektiv.

Camilla war im Sestier San Polo unterwegs gewesen, um die herrliche Sommerluft zu genießen. Sie war einer kleinen Maus gefolgt, die frech ihr Spiel mit ihr getrieben hatte.

»Du kriegst mich nicht, du kriegst mich nicht!«, hatte sie gepiepst.

Dadurch hatte sie aber Camillas Ehrgeiz nur noch mehr angespornt. Die Katze hatte sie über den Campo San Polo gejagt, vorbei an einem Abfallkorb, bis zu einem Brunnen. Doch die kleine Maus hatte geschickte Haken geschlagen, und Camilla hatte es nicht geschafft, sie zu erwischen. Dann hatte das Mäuschen Camilla beschimpft und dabei eine grimmige Fratze gezogen.

»Du bist eine ausgesprochen hässliche Katze.«

Da war ihr Camilla wütend hinterhergesprungen und hatte überhaupt nicht aufgepasst, wohin sie getreten war. Unglücklicherweise verfing sie sich mit einer Pfote in einem Brunnengitter und kam nicht mehr frei. Sie litt fürchterliche Schmerzen und schrie bitterlich. Immer wieder versuchte sie, sich aus dem Gitter zu befreien, zog und drehte die Pfote. Aber alle Mühen und Qualen waren vergeblich, sie konnte sich nicht selbst befreien. Ängstlich blickte sich die graue Katze um.

»Ist vielleicht irgendjemand in der Nähe, der mir helfen kann?«

Da schaute sie in das gütige Gesicht einer alten Signora, die geradewegs auf sie zukam. Sie hatte ihr verzweifeltes Maunzen offenbar gehört.

»Povera micina, armes Kätzchen«, sagte die Dame freundlich, als sie bei Camilla angelangt war. »Ich habe dich und die Maus eine ganze Weile von dort drüben beobachtet.«

Sie zeigte auf eine alte Bank, die auf der gegenüberliegenden Seite des Platzes stand.

»An dieser Stelle hat sich erst letzte Woche ein burmesischer Kater die Pfote geklemmt.« Camilla zuckte überrascht mit dem rechten Ohr.

Burmesischer Kater – das könnte Sir Burma sein. Der ist aber doch seit dem letzten Fall meines Ispettore spurlos verschwunden. Das ist ja hochinteressant.

Die Signora bemerkte Camillas überraschten Gesichtsausdruck und erzählte weiter.

»Es geht ihm schon wieder viel besser. Ich habe ihm einige Umschläge mit Calendula-Kräutern aus meinem Garten gemacht.«

Sie streichelte Camilla über den Kopf.

»Lass mich dir auch helfen, kleine Micina.«

Vorsichtig griff die alte Dame in das Gitter, und mit einem geschickten Griff befreite sie Camilla. Die Katze maunzte noch einmal lautstark auf.

»Accidenti, verflixt, tut das weh!«

Aber dann leckte sie sich erleichtert die Pfote und schnurrte die Signora freundlich an.

»Mille grazie, ohne dich wäre ich verloren gewesen.«

Die alte Dame lächelte und meinte: »Schau, da vorn läuft der kleine Übeltäter!« Camilla konnte gerade noch das Hinterteil mit dem langen Schwanz der frechen Maus sehen, die flink in einen Seitenweg huschte.

Sanft strich die Signora über Camillas kurzes Fell.

»Darf ich dich mit zu mir nach Hause nehmen? Dort wohnen noch viele andere Katzen, die mir zugelaufen sind und denen ich geholfen habe. Was meinst du?«

Camilla überlegte und schnurrte dabei vor sich hin. »Ich wüsste zu gern, ob es sich bei dem Kater wirklich um Sir Burma handelt. Außerdem könnte meine Pfote fürsorgliche Hilfe gebrauchen. Und für so etwas hat mein Ispettore sowieso keine Zeit.« Zustimmend miaute Camilla die Signora an.

»Bene, dann werde ich dich erst einmal wieder aufpäppeln, und du überlegst dir, ob du bleiben oder lieber wieder gehen möchtest. D'accordo?«

Camilla nickte und schaute in das faltige Gesicht der alten Dame. Viele Furchen und Sorgen entdeckte sie da. Vor allem aber blickten Güte und Liebe aus den vergissmeinnichtblauen Augen.

Was mag diese Frau nur Schlimmes erlebt haben?, fragte sich Camilla besorgt.

Vorsichtig nahm die Signora die Katze auf den Arm.

»Das kriegen wir wieder hin, glaub mir«, sagte sie sanft, strich Camilla über den schlanken Kopf und drückte sie liebevoll an ihren üppigen Busen.

Signora Stiviso strahlte angenehme Wärme aus und duftete wunderbar nach Lavendel. Camilla war es nicht gewohnt, von einer Frau liebkost zu werden. Zumeist war es Caruso, der sie verwöhnte, oder Ispettore Castello, der sie streichelte und auf den Schoß nahm. Dann erzählte er ihr von seinen neuesten Fällen oder von seinen Sorgen und Problemen. Und davon gab es im Moment ziemlich viele. Camilla atmete tief durch.

»Povero Castello.«

Castellos Chef Benedetto Venuto hatte ihm seit Längerem den Umgang mit Katzen bei der Aufklärung seiner Fälle verboten. Doch beim letzten Mal hatte Castello erneut Camillas Hilfe und die von Caruso, dem schlauen venezianischen Katzen-Meisterdetektiv, und seiner Bande angenommen. Nun hatte ihm sein Chef vor zwei Wochen die Suspendierung angedroht, falls er nicht von den Katzen ließe.

Venuto hatte sein Verbot damit begründet, dass er zahlreiche Beschwerdebriefe und unfreundliche Anrufe bekommen habe. Polizei und Katzen, das passe nicht zusammen, habe man ihm vorgeworfen. Dies hatte aber nicht ganz der Wahrheit entsprochen.

Venuto hatte nur einen einzigen unangenehmen Brief vom Rechtsanwalt des Täters erhalten. Ansonsten hatten sich viele Venezianer sehr lobend über die Vierbeiner geäußert.

Venutos Verbot hatte mit einem persönlichen Katzenproblem zu tun. Er trug ein bitterböses Geheimnis mit sich herum. Venuto mochte Katzen nicht streicheln und konnte es nicht ausstehen, wenn sie ihm um die Beine strichen. Und er verabscheute auch ihren Geruch. Er hatte eine regelrechte Katzenphobie. Dies lag an einem schlimmen Katzenstreich, den er in seiner Kindheit angestellt hatte.

Benedetto Venuto war in den Schulferien zu Besuch bei seinem Großvater gewesen. Aus Übermut hatte er einen schwarzen Kater am Schwanz gepackt und ihn im Kreise herumgeschleudert. Dann hatte er einfach losgelassen, und der hilflose Kater war in einer Mistgabel gelandet und wurde von ihren gewaltigen Zacken aufgespießt. Entsetzlicherweise war er nicht gleich gestorben. Er zappelte und schrie jämmerlich. Venuto wusste sich nicht anders zu helfen, als mit einer Schaufel immer und immer wieder gezielt nach dem Kater zu schlagen. Endlich hatte das Tier sich nicht mehr gerührt und war tot stecken geblieben.

Venutos Großvater war sehr streng. Hätte er die Sache herausbekommen, wäre Venuto von ihm sicher mit einem Ledergürtel grün und blau geschlagen worden. Also musste der tote Kater beiseitegeschafft werden. Venuto zog ihn aus den Zacken der Mistgabel heraus und packte ihn in einen Beutel, den er im Schuppen fand. Er legte noch einen Stein dazu und machte einen festen Knoten. Dann warf er den Beutel in einen nahe gelegenen Teich. Dort versank der ermordete Kater.

Noch als Mann träumte Venuto oft von diesem bösen Streich. Er erwachte dann schweißgebadet und wünschte sich, sein Großvater hätte alles erfahren. Die Strafe, die er tatsächlich bekommen hatte, war viel schlimmer als die Schläge, die er damals erhalten hätte. Es war sein schlechtes Gewissen, das an ihm nagte und mit dem er leben musste.

Vielleicht versuchte er deswegen, sich für Gerechtigkeit einzusetzen. Und war aus diesem Grund bei der Polizia gelandet.

Der Busen der Signora hüpfte beim Gehen leicht auf und ab. Camilla fand diese zarten Bewegungen äußerst amüsant und angenehm und schnurrte zufrieden.

Sie gingen die schmale, verwinkelte Calle Bernardo entlang, vorbei an typisch venezianischen Souvenirläden, und bogen dann in die Rio Terrà Seconda ein, eine der Gassen, die vor vielen Jahren einmal ein Fluss gewesen waren.

Schließlich kamen sie zu einem kleinen Platz. Er hatte eine bezaubernde Wirkung auf Camilla und zog sie sofort in seinen Bann.

Zartblühende Oleanderbüsche wuchsen in mächtigen Kübeln. Zypressen, Kirschlorbeer und Zitronenbäumchen in Terrakottatöpfen wechselten sich ab. Ein herrlicher Duft flutete über den Campo und strich über Camillas Näschen hinweg.

»Hmmmm«, miaute sie erfreut.

»Schön, dass dir der Platz gefällt. Ich nenne ihn immer Piazza Paradiso«, meinte die alte Dame daraufhin mit heiterer Stimme. »Noch ein paar Schritte, und wir sind da, meine Kleine.«

Camilla ließ ein erleichtertes Schnurren hören, denn allmählich musste sie sich wieder einmal strecken und an der Pfote lecken.

Nach wenigen Metern war es so weit, und die Signora ging auf eine ehrwürdige alte Villa zu. Diese war von einem gusseisernen Zaun umschlossen, hinter dem sich ein herrlich blühender Garten befand. Camilla wurde ganz andächtig, als sie durch das große Tor schritten, das mit feinen Rosetten verziert war.

Ein schmaler Weg führte auf die Villa zu. Er war mit zahlreichen Lavendelpflanzen gesäumt. Die kleine Katze war völlig hingerissen.

»Das muss ich unbedingt Caruso zeigen«, maunzte sie verzückt und vergaß für einen Moment die schmerzende Pfote.

Vor der dunklen Tür der Villa befand sich eine Treppenstufe, auf der große und kleine Töpfe mit Rittersporn, Margeriten, Phlox und Akelei standen. Der Eingangsbereich war mit gelben und roten Rosen umrankt. An den Wänden kroch stolz wilder Wein in die Höhe. Zu beiden

Seiten des Weges befand sich eine Rasenfläche, auf der jeweils ein Obstbaum stand. Kirsche zur Rechten und Apfel zur Linken.

Die alte Dame öffnete die schwere, mächtige Haustür, und heraus drängte eine bunte Schar – Katzenkollegen und Bekannte von Camilla. Mit fröhlichem Maunzen begrüßten sie die Signora. Diese setzte sich mit Camilla auf die oberste Stufe der Treppe.

»Schaut mal, wen ich dabeihabe! Die kleine graue Katze hat sich die Pfote verletzt.«

»Ciao, Camilla, wie schön, dich zu sehen! Aber was hast du denn angestellt?« Renaldo aus Carusos Gang, der sie sofort erkannt hatte, kam ihr besorgt entgegen.

Das könnte ich dich auch fragen, dachte sie. Doch dann erzählte sie ihm von ihrem Missgeschick.

»Hier wird es dir gut gehen. Die Signora ist erste Katzensahne. Und sie kann kochen ...« Vor Verzückung schwang er den buschigen Schwanz wild hin und her.

»Ich schau hier ab und zu vorbei, um mir ein paar Leckerbissen abzuholen«, meinte er verschmitzt. Immer mehr Katzen scharten sich um die beiden.

»Ist das nicht Carusos Gefährtin?«, hörte Camilla einen braunen Kater fragen.

»Das könnte sie sein«, stimmte ein schwarz-weiß gesprenkelter Kater zu und gab dem anderen mit der Tatze einen Hieb in die Seite.

»Stracciatella, sei still!«, mischte sich nun ein Kater mit gelocktem Haar ein und schob sich vor ihn.

»Verzeih seine Unwissenheit, Camilla! Wie schön, dass wir dich hier begrüßen dürfen.«

Über Camillas Gesicht huschte ein Lächeln. Der Kater, der nun vor ihr stand, sah aus, als hätte er eine krause Dauerwelle.

»Ist schon in Ordnung«, sagte sie dann mit gefasster Miene. »Wer bist du?«

»Ich heiße Gustavo, und das sind meine beiden Freunde: Stracciatella und Largo.«

Er deutete mit der Tatze auf den braunen und den schwarz-weiß gesprenkelten Kater. Die beiden nickten Camilla freundlich zu.

»Ciao, Camilla, scusa, wir haben dich nicht gleich erkannt.«

Und dann schrien die Katzen wild durcheinander:

»Evviva Caruso, er ist der Größte!«

»Ein Katzenhoch auf den Meisterdetektiv! Evviva!« Ein wildes Katzengegröle scholl durch den Garten der alten Dame. Verwundert musterte sie die Schar, die sich um Camilla versammelt hatte. Dann strich sie der verletzten Katze nachdenklich über den Rücken.

»Oh, tesoruccio mio, du scheinst ja eine wichtige Katzenpersönlichkeit zu sein! Da will ich aber bestens dafür sorgen, dass du rasch wieder ganz gesund wirst.«

Camilla schaute in die Augen der gütigen Signora. Es schien ihr, als verstünde die alte Dame die Sprache der Katzen. Aber lag da nicht auch etwas Beängstigendes in ihrem Blick?

Ob sie etwas bedrückt? Oder ob sie etwas Erschreckendes erlebt hat?, fragte sich Camilla insgeheim. Eindringlich betrachtete sie die alte Dame. Dann maunzte sie entschlossen. »Ich komme noch hinter dein Geheimnis!«

Die Wunde an Camillas Pfote verheilte schnell und gut. Die Katze des Ispettore schätzte die Zuneigung der Signora außerordentlich. Aber es trieb sie auch fort zu Caruso. Ein paar Tage hatte sie ihn nun schon nicht mehr gesehen.

»Der Gute macht sich sicherlich große Sorgen. So lange waren wir noch nie voneinander getrennt, ohne zu wissen, was der andere treibt und wie es ihm geht. Morgen mache ich mich auf den Weg«, maunzte sie freudig.

Vorsichtig blickte sie die Signora an. Sie genoss nun schon

eine ganze Weile ihre Streicheleinheiten und wollte nicht, dass sie damit aufhörte. Doch es wunderte sie sehr, dass die alte Dame heute Morgen noch gar nicht frühstücken mochte, obwohl ihr Bauch lustig vor sich hin knurrte. Auch Camillas Katzenmagen meldete sich allmählich.

Die Signora schien mit ihren Gedanken ganz woanders zu sein. Gedankenverloren kraulte sie Camillas Nacken. Tuttavia! Jedoch! Plötzlich hielt die alte Dame inne.

»Ich muss euch etwas erzählen, micini miei«, hauchte sie mit beunruhigter Stimme. Für einen Augenblick war es mucksmäuschenstill im Raum.

Dann fuhr die Signora mit ernster Stimme fort: »Letzte Nacht habe ich etwas Schreckliches mit angesehen.«

Die Katzen hoben erschrocken die Köpfe und blickten die Signora fragend an. Bartolomeo öffnete den frechen Schnabel, doch er brachte kein Wort heraus.

Auch Camilla musterte das sorgenvolle Gesicht der alten Dame und spitzte aufmerksam die Ohren.

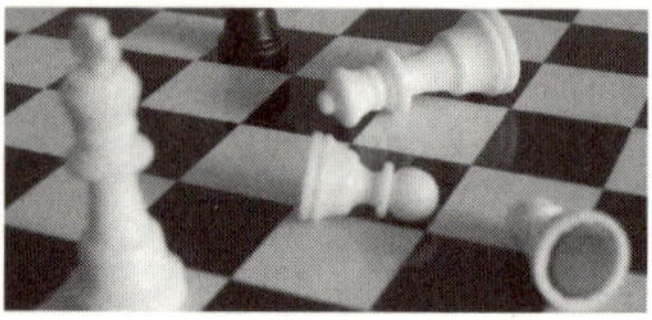

Das Duell beginnt.

1. e2–e4	e7–e5
2. Sg1–f3	Sb8–c6
3. Lf1–c4	Lf8–c5

Esmeralda und Riccardo beginnen ihre Schachpartie mit der italienischen Eröffnung.

2. KAPITEL

Caruso genoss die Morgenstille. Er hatte sich zeitig auf den Weg gemacht, um einen ungestörten Spaziergang durch Venedigs Gassen zu machen. Kein einziger Mensch war unterwegs. Auf niemanden musste er Rücksicht nehmen. Caruso fand es wunderbar, unbehelligt in der Mitte der Straße gehen zu können. Stolz schritt der schlaue Katzen-Meisterdetektiv dahin. Ein genaues Ziel hatte er noch nicht vor Augen.

»So gehört sich das«, maunzte er erfreut.

In der Calle Larga Foscari hielt Caruso für einen Moment neben einem bunt bewachsenen Hortensienkübel inne. Auf den Blättern der Pflanze glänzten Dutzende kleiner Tautropfen. Übermütig stieß er mit der schwarzen Schwanzspitze gegen eines der Blätter. Schon rann ein Tropfen herab, rollte ihm über die vorwitzige Nase, die er ganz nahe an eine Blüte geschoben hatte. Belustigt rieb er sich mit der Pfote darüber und warf einen prüfenden Blick auf die andere Straße. Dort blinzelten die ersten Sonnenstrahlen durch den zarten Morgendunst. Wie dünne Arme schienen sie sich durch das Nebelnetz zu strecken und sich an den alten Fassaden festhalten zu wollen.

»Gigantesco! Sieht das großartig aus!«, maunzte Caruso begeistert.

Die Seite, auf der Caruso sich befand, lag noch völlig im Schatten der Häuser. Feuchte Kälte, die noch von der Nacht zurückgeblieben war, kroch an seinem kraftvollen Körper herauf. Ein frischer Wind blies um die Ecken. Caruso schüttelte sich.

»Wenn jetzt eine dunkle Gestalt aus dem Dunst auftauchen würde …«

Gespannt hielt er den Atem an. Doch es blieb still. Caruso entspannte sich wieder und beobachtete weiterhin fasziniert, wie die Sonnenstrahlen immer mehr an Freiheit gewannen, Besitz von den verblichenen Häuserfronten nahmen und den unliebsamen Nebel verdrängten.

Ein Fensterladen wurde aufgestoßen. Der Kopf einer Signora mit zerzaustem Haar schaute heraus. Sie blickte kurz auf die Gasse hinunter und verschwand sogleich wieder. Das Fenster ließ sie geöffnet. Kurz darauf hörte Caruso Musik aus dem Radio und die Stimme der Signora, die lauthals sang. Der Empfang des Senders und die Intonation der Dame waren äußerst schlecht. Caruso schüttelte sich.

Wenige Minuten später wurde ein grün verwitterter Fensterladen geöffnet. Weitere folgten. Morgendliches Leben kehrte ein in die alte Gasse Donà Onesta.

Seltsam, dachte Caruso, die Menschen sind ja heute früh dran. Aber das hängt bestimmt mit dem Schachwettbewerb im Hotel *Pettirosso* zusammen.

Der Schachwettbewerb war bei den Spielern ganz besonders beliebt. Alle zwei Jahre trafen sich in der Serenissima die Besten ihres Fachs und spielten drei Tage lang gegeneinander. Dem Sieger winkte ein beträchtlicher Geldbetrag in Höhe von fünfzehntausend Euro. Und ein kostenloser einwöchiger Aufenthalt in Venedig, in einem Hotel seiner Wahl.

Auch für die Schachfans war es ein außergewöhnliches Ereignis. Durch den Erwerb einer Exklusivkarte war es ihnen möglich, im selben Hotel wie die Teilnehmer zu wohnen. Dadurch erhielten sie Gelegenheit, einige Spieler persönlich zu sprechen und ihnen beim Einspielen und während des Wettbewerbs zuzusehen. Der Lern- und Strategieeffekt war hierbei durch nichts zu übertreffen.

Seit Langem hingen Plakate in Venedig, die auf dieses wichtige Ereignis hinwiesen. Ein wunderschön verziertes

Schachbrett mit Spielfiguren aus buntem Glas zierte die Bildmitte und zog alle Blicke auf sich.

Welche Wohltat für das Auge!, dachte Caruso erfreut, als er ein solches Plakat erblickte. Sonst hingen in dieser Jahreszeit nämlich erstaunlich viele Todesanzeigen an den Häuserwänden Venedigs. Caruso mochte diese Tradition nicht besonders.

Lasst die Toten ruhen!, dachte er jedes Mal, wenn ihn ein Verstorbener von einer Fotografie lebendig anschaute.

Eine schwarze Tasche unter dem Arm, verließ ein Signore mit Hut und schickem Anzug eines der Häuser. Caruso folgte dem Mann. Der hatte es jedoch sehr eilig. Und so verlangsamte der rote Kater seine Schritte wieder, denn zum Hetzen hatte er heute überhaupt keine Lust.

Langsam näherte sich Caruso einer Brücke und schlenderte die Stufen hinauf. Oben angekommen, schaute er auf das Lichterspiel im Wasser hinab. Es war, als würden Millionen kleiner Sterne auf der Wasseroberfläche tanzen.

Himmlisch, dachte Caruso. Jetzt mit Camilla beisammen sein, das wäre fein! Wie es ihr wohl geht? Ich habe sie nun schon seit Tagen nicht mehr gesehen. Wo steckt sie eigentlich?

Eine Weile folgten seine Blicke dem Weg des Kanalwassers zu beiden Seiten der Brücke. Die Häuserwände machten einen düsteren, vom Wasser und der Feuchtigkeit verwitterten Eindruck. An einigen Wäscheleinen, die zwischen den Häusern angebracht waren, baumelten weiße Servietten. Ein zarter Windstoß ließ sie kaum merklich flattern. Bunte Blumentöpfe schauten frech von den Fensterbänken herab. Auf dem silbrigen Kanalwasser schaukelten sachte einige Gondeln.

Geruhsam drückte sich Caruso in die Ecke einer Treppenstufe und miaute leise vor sich hin. Da er sich ungestört fühlte, sang er nach wenigen Minuten, was seine Katzenkehle hergab. Eine Arie aus »Le nozze di Figaro« war es, die er übte. Er hatte sie schon viele Male gehört und sich gut eingeprägt. Das letzte Mal war es ein Opernsänger gewesen, der sie vor sich hin gesungen hatte, als er sich auf dem Weg zum Opernhaus *La Fenice* befand. Begeistert war ihm Caruso gefolgt.

Der Opernsänger hatte genau wie er eine warme Baritonstimme gehabt; deswegen fühlte sich der rote Kater in seinem Vorhaben, dieses Stück einzuüben, außerordentlich angespornt.

Ich werde die Arie, sobald ich sie beherrsche, Camilla vorsingen. Sie ist bestimmt entzückt.

Voller Stolz strich sich Caruso mit der Schwanzspitze über das rechte Ohr. Er setzte sich auf, streckte sich wohlig, marschierte am Kanal entlang und bog in die Calle Campaniel ein, die zum Campo San Tomà führte.

Die Gegend um die Oper war für Caruso eine der schönsten in ganz Venedig. Nachts war der hintere Teil des imposanten Gebäudes hell erleuchtet. Das Kanalwasser schimmerte blaugrün und wirkte geradezu unwirklich. Auch die typischen modrigen Wassergerüche fehlten hier gänzlich. An beiden Seiten des Kanalbeckens führten schmale Wege und Brücken entlang. Erst gestern Abend war Caruso dort wieder mit großer Begeisterung herumgeschlichen. Er war die Ponte Calegheri entlanggesprungen und dann zu einem Arkadengang gelangt. Dort hatte eine Malerin ihr Atelier, direkt am Rio Menuo o de La Verona. In ihrem Vorgarten standen Palmen und viele Blumentöpfe auf weißen Kieselsteinen. Sie hatte auch eine kleine graue Katze. Doch bisher war Caruso mit ihr nicht ins Gespräch gekommen, denn sie war sehr schüchtern.

Caruso folgte dem Weg und gelangte zu einem kleinen Innenhof, aus dem viele bunte Blumen fröhlich herausschauten. Caruso maunzte begeistert. Dieses Leuchten war ein wohltuender Kontrast zu den verblichenen Farben der venezianischen Häuser.

Vorbei am Künstlereingang der Oper kam er zum Campiello Marinoni o de la Fenice. Dort lag an der einen Seite eine mit Efeu und Wein wild umrankte Taverne. Heitere Stimmen drangen heraus, und feine Düfte wehten über den Platz.

Caruso fand in der Nähe, unter einer steilen Treppe, ein ruhiges Plätzchen für die Nacht. Dort träumte er von einem königlichen Fischmahl, das er sich gemeinsam mit seiner Camilla schmecken ließ.

Die ersten Bars und Geschäfte hatten inzwischen geöffnet. Allmählich wurde es immer unruhiger, und arbeitsame Menschen bevölkerten den Platz, in dessen Nähe Caruso sich niedergelassen hatte. Er blickte über den Campo San Tomà. Männer und Frauen mit Einkaufstüten liefen hin und her. Schwer bepackte Lieferanten eilten zu den verschiedensten Geschäften. Zwei Signori, die sich untergehakt hatten, strebten auf eine Bar zu.

»Na, die genießen bestimmt ihr erstes Frühstück mit einem Latte macchiato und einem knusprigen Croissant. Anschließend steuern sie die nächste Bar an. Ja, so sind sie, die alten Signori Venedigs. Sie lieben es, unter Männern zu sein, entspannte Gespräche zu führen und sich ein Gläschen Wein nach dem anderen zu genehmigen«, maunzte er nachdenklich.

Caruso war auch gern mit Katern seiner Gang oder den Fratelli Neri zusammen. Manchmal wurden auch deftige Witze über das eine oder andere kecke Katzenweibchen gerissen. Am liebsten aber verbrachte Caruso die Zeit mit seiner Gefährtin Camilla.

»Jetzt mit ihr zur Pescheria zu schleichen und ein erstes feines Katzenfrühstück einzunehmen – das wäre herrlich.« Er miaute sehnsüchtig.

Der rote Kater schritt über den Platz und verspeiste in Gedanken gerade eine köstliche Sardine, als Massimo und Nunzio unerwartet und völlig aufgeregt um die Ecke bogen.

Ein Schrei war zu hören, und dann rannte ein Zimmermädchen aufgeregt durch das Hotel, hinunter in die Lobby zum Empfang. Ihr Gesicht zeigte pures Entsetzen.

»Un morto!«, schrie sie atemlos. »Ein Toter treibt draußen im Kanal!«

Sofort trat der Direktor des Hotels hinter dem Empfangstresen hervor und eilte auf das Zimmermädchen zu.

»Di che cosa si tratta? Was ist geschehen? Nun beruhigen Sie sich doch erst einmal und seien Sie nicht so laut!«

Er blickte sich um, ob einer der Gäste anwesend war. Zum Glück entdeckte er niemanden. Erleichtert atmete er durch. Die junge Frau hingegen war kurz davor, hysterisch zu werden. Ihre Stirn war mit Schweißperlen bedeckt, die Wangen waren stark gerötet, und die Brust hob und senkte sich heftig.

»Ein toter Mensch treibt hinter dem Garten im Kanal. Ich habe ihn einen Moment lang beobachtet. Er liegt auf dem Bauch und rührt sich nicht von der Stelle. Keine Bewegung ist zu sehen. Er muss tot sein.«

»Warten Sie hier und setzen Sie sich dort drüben in einen Sessel!«, befahl der Direttore. »Emanuel, Sie kommen mit!«

Er winkte einen jungen Mann zu sich, der für den Zimmerservice zuständig war und der gerade ebenfalls eilig die Treppe herunterkam.

»Haben Sie schon ge…«, begann er. Doch der Direttore ließ ihn nicht aussprechen und eilte durch einen Seitenausgang in den Garten des Hotels. Der junge Mann folgte ihm. Sie schritten, ohne die blühenden Rosen eines Blicks zu würdigen, zu einem kleinen Tor. Es stand offen und führte direkt zum Rio San Giacomo dell'Orio.

Der Anblick, der sich den beiden bot, war fürchterlich. Der Tote trieb im schmutzigen Kanal, umgeben von kleinen Wellen, die ihn höhnisch umtanzten. Sein Anzug war von dem giftgrünen Wasser stark aufgebläht, und am Hinterkopf war deutlich eine blutverschmierte Wunde zu sehen.

Der Direttore schaute sich nach allen Seiten um. Seltsamerweise lag direkt am Kanalbecken eine dicke, weißbraun melierte Katze mit langem, dichtem Fell. Auch sie rührte sich nicht und schien ebenfalls tot zu sein.

»Was ist hier vorgefallen?« Die Stimme des Direktors war voller Besorgnis und kaum zu hören. Dann atmete er tief durch und versuchte sich zusammenzureißen.

Er schaute sich zum Hotel um und sah, dass die ersten Gäste neugierig aus dem Fenster schauten. Beruhigend nickte er ihnen zu.

»Signor Direttore, ich kenne den Toten.« Ruckartig wandte sich der Direktor zu dem jungen Mann vom Zimmerservice um und schaute ihn fragend an.

»Ich bin mir sicher, es ist Leandro Machelnikov. Ich erkenne seine Kleidung wieder. Gestern Abend vor Beginn des Schachwettbewerbs bat er mich, seinen Anzug aufbügeln zu lassen. Der Streifen in dem Stoff ist höchst ungewöhnlich. Das ist mir gleich aufgefallen. Schauen Sie« – er deutete auf die Hose der Leiche –, »der Streifen ist in sich leicht unterbrochen.«

Auch der Direttore konnte dies sehen.

»Und Sie meinen …?«

»Sì, da bin ich mir ganz sicher, es ist Machelnikov.«

»Dio mio! Wer kann so etwas getan haben? Es wird den größten Skandal geben. Aber es hilft nichts, wir müssen die Polizia einschalten.«

Er fuhr sich verzweifelt durch die Haare.

»Vorher sollte ich aber Signor Venuto anrufen. Ich kenne ihn persönlich. Er ist verantwortlich für alle Sicherheitsfragen, die den Schachwettbewerb in unserem Hotel betreffen. Sie bleiben hier!«, befahl er dem jungen Mann.

Hastig eilte der Direktor davon. Zurück blieben die neugierigen Blicke einiger Gäste und ein verstohlener Blick von Signora Stiviso, die von ihrer Villa aus durch den Vorhang lugte.

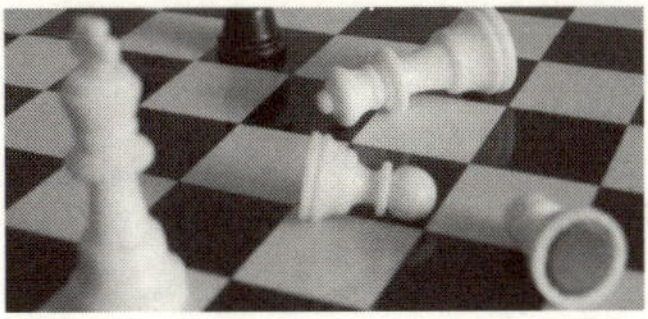

4. b2–b4	Lc5 x b4
5. c2–c3	Lb4–a5
6. d2–d4	e5 x d4

Esmeralda ist nun mit ihrem vierten Zug an der Reihe und fordert den schwarzen Läufer heraus. Riccardo zögert keinen Moment lang und schlägt mit seinem Läufer den Bauern. Esmeralda zieht sofort ihren nächsten Bauern vor, denn er wird durch einen seiner Kollegen gedeckt.

Riccardo braucht seinen Läufer noch für spätere Angriffe, und so zieht er ihn zurück.

Esmeralda macht nun ihrer Dame Platz und zieht ihren nächsten Bauern zwei Felder nach vorn. Riccardo lacht zynisch und schlägt ihn mit seinem Bauern. Diesem kann nichts passieren, denn er ist durch den schwarzen Springer bestens gedeckt.

3. KAPITEL

Ispettore Castello stand vor dem großen dunklen Schreibtisch seines Chefs Benedetto Venuto und wartete. Er wollte sich nicht auf den unbequemen Holzstuhl setzen, der davor stand.

Kommt gar nicht infrage, dachte er. Schon aus Prinzip tue ich das nicht. Dieses Treffen wird ohnehin kein gemütlicher Plausch werden.

Castello erwartete, dass Venuto ihn suspendieren würde.

Warum sollte er ihn sonst in sein Büro beordert haben?

Oft genug hatte ihm sein Chef dies angedroht. Und vor ein paar Minuten hatte er ihn persönlich angerufen.

»In zehn Minuten sind Sie in meinem Büro!«, hatte er mit strenger Stimme befohlen. Und so erwartete Castello nichts Gutes.

Er schaute sich in dem großen Raum um. Das Büro war alles andere als gemütlich. Im Gegensatz zu seinem eigenen kleinen Zimmer, das mit Möbeln und Ordnern vollgestellt war, wirkte hier alles sehr übersichtlich und geräumig. Ein Schrank, der Schreibtisch, ein Sessel dahinter, ein Stuhl davor und eine Stehlampe daneben. Mehr stand nicht herum, und auch der Tisch wirkte ungewöhnlich leer und aufgeräumt. Es schien, als hätte jeder Gegenstand seinen Platz.

»Borghesuccio, Spießer!«, entfuhr es Castello. In diesem Moment öffnete sich die Tür, und mit ernster Miene trat Venuto ein.

»Sie meinen doch hoffentlich nicht mich?«, fragte er grimmig. Castello schwieg.

»Setzen Sie sich!«, sagte Venuto dann mit ungewöhnlich freundlicher Stimme.

»Grazie, ich stehe gern. Unangenehme Dinge höre ich mir lieber im Stehen an.« Castello schaute in die eisblauen Augen seines Chefs.

Venuto war ein kleiner Mann. Sein Körper wirkte kräftig. Aber sein Gang war sportlich, und den runden Kopf mit den spärlichen weißen Haaren hielt er stolz empor.

»Ich brauche Ihre Hilfe«, erklärte Venuto.

Castello war überrascht. Damit hatte er nicht gerechnet. »Di che cosa si tratta?«, fragte er nur knapp zurück.

»Es geht um Ihre geliebten Katzen, die mir stets ein Dorn im Auge sind.«

Castello hatte sich für einen Augenblick entspannt. Er hatte erwartet, Venuto werde auf ein neues Verbrechen anspielen. Doch nun strafften sich die Muskeln seines Körpers wieder. Er schaute seinen Chef wütend an.

»Beruhigen Sie sich«, sagte Venuto versöhnlich. »Vor ein paar Minuten bin ich von Signor Cavallo angerufen worden. Er ist Direttore des Hotels *Pettirosso*, in dem die Schachmeisterschaften ausgetragen werden.«

Venuto räusperte sich und sprach weiter.

»In unmittelbarer Nähe des Hotels ist ein Toter aufgefunden worden. Neben seiner Leiche liegt auch eine tote Katze. Eventuell gibt es einen Zusammenhang zwischen dem Ableben der beiden. Vielleicht spielt die Katze sogar eine tragende Rolle dabei. Es wäre ja nicht das erste Mal, dass sich die Viecher in den Vordergrund spielen. Jetzt allerdings nicht als lebende Detektive, sondern als tote Opfer.«

Castello sah ein leicht zynisches Lächeln um den Mund seines Chefs zucken. Er ärgerte sich schon wieder maßlos über ihn.

»Sie haben doch einen ganz besonderen Draht zu den Vierbeinern. Ich übertrage Ihnen diesen Fall. Finden Sie heraus, was da geschehen ist. Vielleicht bringen sich die feinen Katzen ja neuerdings untereinander um.«

Castello fühlte sich zornig und verwirrt zugleich.

Eine Leiche, eine tote Katze – und nun sollte er als Katzenbotschafter freie Hand haben? Das konnte er kaum glauben.

Jetzt musste er sich setzen und schaute Venuto stumm an. Ohne ein Wort zu sagen, blickte dieser zurück. Er war allerdings der Erste, der wieder sprach.

»Sie wissen also Bescheid. Ich beauftrage Sie offiziell von höchster Stelle, in den Katzenkreisen zu recherchieren. Finden Sie heraus, ob es einen menschlichen Täter gibt und ob die Katzen etwas mit der Sache zu tun haben. Halten Sie mich auf dem Laufenden.«

Venuto stand auf. Auch Castello erhob sich.

»Va bene, in Ordnung«, sagte er nur. Dann drehte er sich um und verließ das Zimmer.

Seit die alte Signora angedeutet hatte, dass sie etwas Fürchterliches erlebt hatte, brachte sie kein Wort mehr über die Lippen. Sie hatte sich angekleidet und mit Camilla wieder in ihren Sessel gesetzt. Seitdem starrte sie vor sich hin. Signora Stiviso schien mit ihren Gedanken weit weg zu sein.

Irgendetwas macht ihr Angst, dachte Camilla.

»Was hat sie nur? Warum sieht sie so besorgt aus? Da stimmt doch etwas nicht«, maunzten die Katzen nach einiger Zeit des Schweigens besorgt durcheinander.

Die Signora zuckte daraufhin zusammen.

»Amici miei, ihr habt mich vielleicht erschreckt!« Dann blickte sie ihre Katzenschar an, seufzte und begann zu erzählen.

»Ich habe ihn wiedererkannt, den Fiesling, der mir so böse mitgespielt hat.«

Die Katzen blickten sich verwundert an. Wovon sprach die Signora?

»Ich sehe sein Gesicht ganz deutlich vor mir: die stechend grünen, eng beieinanderstehenden Augen; die breite Narbe über den üppigen Augenbrauen; die große Nase; der schmale, breite Mund, um den es ständig unsicher zuckte, wenn er mit mir Schach spielte. Das breite, kantige Kinn mit der tiefen Furche. Das Haar.« Für einen Augenblick unterbrach sie ihren Redefluss.

»Es ist inzwischen weiß«, sagte sie mit Verachtung.

Nun kannten sich die Katzen gar nicht mehr aus. Von wem sprach die Signora nur? Auch Camilla zuckte hellhörig mit den Ohren. Sie spürte das Herz der Signora schlagen. Es pochte schnell und aufgeregt. Nach ihrer letzten Äußerung hatte sie für einen Moment den Atem angehalten. Camilla fühlte Signora Stivisos Angst.

»Was mag sie nur so Schlimmes erlebt haben? Wer ist bloß der Mann, den sie zu kennen glaubt?«

»Nessun'idea«, meinte Renaldo, der die Frage mitbekommen hatte.

Auch Stracciatella mischte sich ein. »Ist mir auch ein Rätsel, von wem sie spricht.«

»Zitto!«, raunzte ihn Rosanna an. »Halt dich da raus!«

»Zitto, zitto!«, mischte sich nun auch Bartolomeo mit krächzender Stimme ein.

Doch Camilla fauchte ihn böse an; sie konnte sein Gekrächze nicht ausstehen. Er verstummte und drehte sich beleidigt um.

Nun blickten die Katzen Camilla fragend und zugleich auffordernd an. Sie spürte diese Blicke ganz genau.

»Sie scheinen zu erwarten, dass ich der Sache auf die Spur komme.«

Vorsichtig setzte Signora Stiviso Camilla auf dem Boden ab.

»Lauf, micina mia!«

Dann stand sie auf und trat ans Fenster. Sie schob die Gardine ein Stück zur Seite und schaute hinaus. Camilla schlich ihr um die Füße, die in bequemen grauen Hausschuhen steckten. Dann sprang sie mit einem vorsichtigen Satz auf die Fensterbank und warf ebenfalls einen Blick hinaus.

»Mal sehen, was es da so Interessantes zu sehen gibt«, maunzte sie.

Die Signora strich ihr ruhig über den Kopf.

»Na, bist du auch neugierig?«, fragte sie Camilla mit ruhiger Stimme.

An diesem Fenster hatte Camilla bisher noch nicht gesessen. Sie blickte in einen winzigen Garten. In dessen Mitte stand ein blühender Oleanderkübel auf einem Sockel, der von beiden Seiten von zwei Löwen aus Stein bewacht wurde.

Camilla schnurrte wohlwollend. Der Garten gefiel ihr.

»Klein, aber fein.«

Er grenzte an einen der zahlreichen Kanäle. Da sich Camilla in diesem Stadtteil nicht ganz so gut auskannte, war sie sich nicht sicher, wie er hieß.

Es müsste der Rio San Giacomo sein, dachte sie.

Die Signora legte die Hand auf Camillas Rücken. Sie schien die Menschen auf der anderen Seite genau zu beobachten. Sie standen dicht beieinander, steckten die Köpfe zusammen und schienen irgendetwas zu betrachten. Jetzt öffnete sich der Kreis, und ein Mann trat heraus. Zu Camillas Erstaunen war es ihr Herrchen, Ispettore Castello.

Na, so was, da wird doch wohl niemand ermordet worden sein!, dachte die graue Katze.

Aufgeregt stellte sich Camilla auf alle viere. Ihre Nackenhaare standen in Alarmposition. Sie spitzte die Ohren. Als ob die Signora Camilla verstünde, strich sie ihr beruhigend über den Kopf.

»Nur ruhig, micina mia, ich will dir erzählen, was da drüben passiert ist. Dort ist ein Mann ermordet worden. Die Leute bestaunen die beiden Leichen.«

Hat sie tatsächlich von zwei Toten gesprochen? Wer ist die andere Person?, dachte Camilla. Erschrocken blickte sie die Signora an. Nun füllten sich die Augen der Signora mit Tränen.

»Es ist auch eine meiner Katzen ums Leben gekommen. Die liebe Brunhilda.«

Nun schrien die Katzen wild durcheinander.

»No, impossibile, no!«

»Wer sollte so etwas tun?«

»Weiß Zorro schon Bescheid?«

»Das kann nicht sein.«

»Das kann nicht sein, das kann nicht sein ...«, ereiferte sich Bartolomeo, bis Camilla ihn wieder wütend anfauchte.

»Halt die Klappe!«

Tatsächlich hielt er inne und drehte sich erneut beleidigt um. Die Katzen bekamen keine Antwort, denn Camilla wusste nichts dazu zu sagen, und die Signora konnte die vielen Fragen nicht verstehen.

Doch unerwartet drehte sie sich zu ihren Katzen um und meinte: »Ich bin ebenso erschüttert wie ihr.«

Dann schaute sie wieder zum Tatort hinüber. Auch Camilla beobachtete ihren Ispettore. Sie wäre zu gern an seine Seite geeilt. Doch zuvor wollte sie noch in Erfahrung bringen, was die Signora wusste. Hatte sie womöglich den Mörder beobachtet und kannte ihn? Sie musste herausfinden, was sich genau zugetragen hatte.

Noch einmal betrachtete sie das besorgte Gesicht der Signora und entdeckte in deren Augen die abermals aufflammende Angst. Dann wandte sie sich erneut dem Tatort zu. Auf die Entfernung war natürlich nicht viel zu erkennen. Ein Mann mit breiten Schultern schien neben Castello zu stehen. Camilla konnte sein Gesicht nicht genau sehen. Er wurde von einer Person verdeckt, die sich vor ihm befand. Doch nun trat diese beiseite, und Camilla hatte freien Blick. Es war ein Mann mit weißen Haaren und einem kantigen Kinn mit einer tiefen Furche in der Mitte.

Das könnte der Mann sein, von dem die Signora vorhin sprach, dachte Camilla.

Entsetzt zuckte die alte Dame zusammen. Ruckartig

nahm sie Camilla auf den Arm und schloss den Vorhang. Dann ging sie mit ihr und den anderen Katzen, die Camilla fragend anschauten, in die große Cucina und band sich eine Schürze um.

Camilla hoffte, dass Signora Stiviso noch etwas erzählen würde. Doch sie blickte nur schweigend auf das Küchenbrett und bereitete einige Häppchen für die Katzen zu.

7. 0–0 d4–d3

Esmeralda überlegt einen Augenblick lang und vollzieht dann eine kurze Rochade. Riccardo zieht angriffslustig seinen Bauern ein Feld nach vorn.

4. KAPITEL

Unvermittelt bremsten die Fratelli Neri neben Caruso ab. Fast hätten sie ihn in ihrem rasanten Tempo umgerannt. Doch Caruso hatte ein ausgezeichnetes Reaktionsvermögen. Einem Torero gleich wich er den beiden großmächtigen Katern mit einem geschickten Sprung aus.

Massimo konnte sich auf allen vieren zum Anhalten bringen. Nunzio hingegen stieß beim Abbremsen mit der Nase gegen den rechten Hinterlauf seines Cousins, verlor das Gleichgewicht, knickte mit der linken Vorderpfote ein und fiel kopfüber auf die harten Steine. In letzter Sekunde jedoch rollte sich der Kater über die Schulter ab und kam zum Stehen.

»Maledizione, Caruso, gut, dass wir dich treffen!«, maunzte Massimo, ganz außer Atem.

Nunzio rieb sich die Nase und blieb zurückhaltend neben dem großen schwarzen Kater sitzen.

»Giorno«, maunzte er nur und schaute dabei kaum auf.

Was ist denn mit dem los?, dachte Caruso. Liegt ihm vielleicht eine Maus schwer im Magen?

Massimo trat dicht an den roten Kater heran.

»Es ist etwas Schlimmes passiert. Wir brauchen deine Hilfe.«

Caruso spitzte die Ohren und warf Massimo einen erschrockenen Blick zu. Dann sah er sich nach einem stillen Plätzchen um.

»Lass uns dort drüben unter die Treppenstufe schlüpfen. Da können wir uns in Ruhe unterhalten. Hier ist es zu gefährlich – es kommt ständig jemand vorbei.«

Mit einem verächtlichen Blick auf die Katzen passierte

gerade ein junger Mann den Weg. Von der anderen Seite näherten sich zwei ältere Damen. Die eine Signora wäre mit dem Absatz fast auf Nunzios Schwanzspitze getreten. Doch Caruso gab ihm in letzter Sekunde einen rettenden Schubs. Nunzio brummte nur schwachen Protest.

Flink sprangen die drei Kater, allen voran Caruso, unter die Treppe. Hier war es still und geräumig. Nunzio setzte sich eng an die Wand und leckte sich die Tatze.

»Leg los, Massimo! Was ist passiert?«, forderte Caruso den schwarzen Kater auf.

Massimo nickte seinem Cousin zu und begann: »Nunzio hat sich in eine Katzendame verliebt.«

Auf Liebesgeschichten der Fratelli Neri hatte Caruso eigentlich keine große Lust. Aber er wollte sie nicht gleich unhöflich wegschicken. Deshalb nickte er nur.

»Nunzio hat Brunhilda seit einiger Zeit beobachtet. Sie lebt bei einer alten Signora, die viele Katzen beherbergt und pflegt. Manche bleiben für längere Zeit oder auch für immer bei ihr. So Brunhilda und ihr Bruder Fenzo, den alle nur Zorro nennen, weil er in seinem weißen Gesicht eine schwarze Maske trägt. Außerdem ist er ein sehr mutiger Kater, der sich für das Gute einsetzt.«

Caruso spitzte die Ohren, neigte den Kopf zur Seite und strich sich mit der schwarzen Schwanzspitze langsam über die Stirn. Solchen Katerpersönlichkeiten zollte er größten Respekt.

Den würde ich gern mal kennenlernen, dachte er im Stillen.

Er nickte Massimo erneut zu, um ihn zum Weiterreden aufzufordern.

»Nunzio mag an Brunhilda besonders ihren herrlichen Miezengesang. Das kannst du sicher am allerbesten verstehen.« Caruso nickte abermals.

»Erzähl weiter!«, maunzte er den schwarzen Kater an. Massimo schaute vorsichtig zu seinem Cousin hinüber, der noch immer teilnahmslos an die Wand gedrückt dalag. Dann fuhr er mit seinem Bericht fort.

»Nunzio wollte ihr imponieren. Aber das wäre mit seiner hohen Falsettstimme nicht gegangen. Er brauchte dafür eine tiefe männliche Stimme. Also bat er mich, für sie in der Nacht am Rio San Giacomo zu singen, wo sich Brunhilda gern aufhält. Natürlich in Nunzios Anwesenheit. Er hielt sich währenddessen im Schatten einer Zypresse versteckt. Brunhilda konnte deswegen den Sänger nicht richtig sehen, sondern nur erahnen. Ich legte mich ins Zeug, was meine Kehle hergab.«

Massimo setzte sich übertrieben in Positur.

»Brunhilda hörte einen Moment lang andächtig zu. Dann antwortete sie, für mich völlig unerwartet, mit ihrer schmelzend zarten Stimme auf meinen Gesang. Das war wirklich erste Katzensahne.«

Massimo hielt in seiner Erzählung inne. Seine Stimme hatte eine warme, schwärmerische Farbe angenommen. Das war sehr ungewöhnlich für den sonst so beherrschten Kater.

Nunzio warf Massimo einen bösen, doch gleichzeitig auch melancholischen Blick zu.

Caruso strich sich über die Schnurrbarthaare. Noch immer verstand er nicht, warum die Fratelli seine Hilfe benötigten. Er wollte ihnen aber noch eine Chance geben. Außerdem machte Nunzio einen verzweifelten Eindruck.

»Komm zur Sache, Massimo! Worum geht es?« Massimo nahm wieder Haltung an und erzählte weiter.

»Plötzlich trat ein Mann aus der Dunkelheit hervor und versetzte Brunhilda einen vorsätzlichen, bösartigen Tritt. Sie wirbelte durch die Luft und landete unsanft mit dem Kopf voran auf dem Boden. Sie hatte keine Möglichkeit gehabt, sich abzufangen, denn der Tritt kam schnell und absolut überraschend. Sie blieb liegen und bewegte sich nicht mehr.«

Nunzio entfuhr ein unglückseliger Laut. Caruso hatte

sich inzwischen auf beide Hinterpfoten gesetzt und folgte Massimos Schilderungen mit großer Aufmerksamkeit.

Sie muss nicht tot sein, dachte er. Aber der Meisterdetektiv behielt diesen Gedanken für sich und forderte Massimo noch einmal auf, weiterzuerzählen.

»Was passierte dann? Fahr fort mit deinem Bericht!« Massimo hob aufgeregt die rechte Pfote.

»Zorro, Brunhildas Bruder, trat heldenmütig aus dem Gebüsch hervor und sprang dem Mann auf die Brust. Er zog ihm die Krallen der rechten Vorderpfote über den Hals. Der Mann schrie vor Schmerz, strauchelte, verlor das Gleichgewicht und fiel rücklings auf einen steinernen Pfeiler, der sich am Rio Giacomo zum Anbringen von Gondel- und Bootstauen befindet. Er zeigte keinerlei Regung mehr und blieb wie ein Toter am Kanalbecken liegen.«

Caruso kräuselte die Stirn und schaute Massimo mit funkelnden Augen eindringlich an.

An den Rio San Giacomo grenzt doch das Hotel *Pettirosso*, in dem die Schachmeisterschaften ausgetragen werden. Das ist ja interessant.

»Der mutige Zorro warf noch einen Blick auf seine Schwester. Dann verschwand er wieder in der Dunkelheit. Nunzio und ich blieben wie erstarrt an unserem Platz sitzen. Plötzlich hörten wir Schritte und eilten davon. Doch nach wenigen Minuten – wir waren um ein paar Häuserecken herumgesprungen – besannen wir uns eines Besseren und schlichen zum Tatort zurück. Wir hatten das Gefühl, dass in der Zwischenzeit irgendetwas passiert sein musste. Und tatsächlich, als wir unter einem Busch hervor einen Blick auf den Toten werfen wollten, trieb dieser mit dem Gesicht nach unten im Kanalwasser. Im Lichtschein der Laterne war an seinem Hinterkopf deutlich eine offene Wunde zu erkennen, die reichlich mit Blut benetzt war. Der Mann schaukelte auf dem Wasser, das feindselig um ihn herumschwappte und wie ein Krake versuchte, ihn mit gierigen Armen in die Tiefe zu ziehen. Es war ein schauerlicher Anblick. Nunzio setzte sich kurz zu Brunhilda, aber sie zeigte keine Regung. Da wir nicht wussten, ob die Person, die dies angerichtet hatte, noch immer in der Nähe war, rannten wir eiligst davon.«

Hochkonzentriert lauschte Caruso Massimos Erzählung. Die Nackenhaare des roten Katers hatten sich vor Entsetzen aufgestellt. Sein Detektivinstinkt war aktiviert.

Nunzio hatte sich während der Erzählung seines Cousins nicht von der Stelle gerührt. Doch nun entspannte er sich und schaute Caruso erwartungsvoll an.

»Was schlägst du vor? Was sollen wir tun?«, fragte er den Katzen-Meisterdetektiv mit unglücklicher Stimme.

Caruso saß noch immer unbewegt an seinem Platz. Nur der Blick seiner bernsteinfarbenen Augen wanderte von Massimo zu Nunzio und wieder zurück.

»Wisst ihr, ob Zorro noch einmal zum Tatort zurückkehrte und wo er zu finden ist?«

»No, scusa.« Die Fratelli Neri konnten ihm darüber leider keine Auskunft geben.

Caruso schwieg für einen Moment. Dann schaute er die beiden entschlossen an.

»Ich muss mit Zorro sprechen. Ich brauche den genauen Tathergang aus seiner Sicht. Und ich will wissen, ob er den Unbekannten gesehen hat, dessen Schritte ihr gehört habt. Eurer Erzählung nach zu urteilen, könnte er der Mörder sein. Höchstwahrscheinlich war der Sturz auf den steinernen Pfeiler nicht die Todesursache.«

Die Neri nickten zustimmend.

»Das glauben wir auch«, meinte Massimo.

»Und was ist mit Brunhilda?«, warf Nunzio mit hauchiger Stimme ein.

Caruso strich sich mit der Pfote über die langen Barthaare und brummte.

»Der Sache werde ich auf die Spur kommen. Ich werde

mich zum Tatort aufmachen und nachsehen, was dort los ist. Vielleicht treibt sich Castello ja bereits in der Gegend herum. Außerdem werde ich versuchen, Camilla zu finden. Vielleicht hat sie etwas von dem Vorfall mitbekommen und kann uns wichtige Informationen liefern.«

Nunzio stellte sich langsam auf alle viere. Er streckte sich und gesellte sich dann zu Massimo. Seine Bewegungen wirkten müde, aber er schien sich entschlossen zu haben, Caruso zu helfen.

»Was sollen wir tun?«, fragte er den roten Kater. Der Katzendetektiv sah in den grünen Augen Nunzios einen Hoffnungsschimmer aufblitzen.

»Ihr beiden versucht, Zorro ausfindig zu machen. Und wenn ihr ihn gefunden habt, bringst du, Nunzio, ihn zum Brunnen, der auf dem Campo San Giacomo dell'Orio steht. Wenn die Glocke der Chiesa San Giacomo elfmal schlägt, solltet ihr euch auf den Weg dorthin machen. Massimo wird mich beim Tatort finden, und ich werde Zorro dann sofort aufsuchen und befragen.«

»Bene, das machen wir.« Massimo nickte Caruso respektvoll zu und deutete Nunzio mit einer ruppigen Kopfbewegung an, ihm sofort zu folgen. Dieser zögerte nicht und sprang seinem Cousin hinterher.

»Ciao, wir sehen uns später«, hörte er Massimo noch maunzen.

Caruso schwang die schwarze Schwanzspitze dynamisch hin und her, streckte den muskulösen Körper und sprang dann ebenfalls unter der Treppe hervor und eilte in Richtung Tatort. Er hoffte darauf, Camilla dort zu treffen. Es kribbelte ihm in den Tatzen, einem neuen Kriminalfall auf die Spur zu kommen. Zusammen mit seiner Gefährtin würde er den Fall lösen, davon war er überzeugt.

Signora Stiviso hielt plötzlich im Zerkleinern eines zarten Fleischhäppchens inne. Sie legte die Gabel auf die dunkle

Arbeitsfläche und stellte ihren Katzen den Teller ohne ein aufmunterndes Wort auf ihren Futterplatz. Er befand sich neben dem wuchtigen grünen Kachelofen direkt im Eingangsbereich der Küche. Dann zog sie die Schürze aus, wusch sich die Hände und trocknete sie gewissenhaft an einem geblümten Handtuch ab.

Anschließend ging sie zur Garderobe, zog eine rosafarbene Strickjacke an und nahm sich den Haustürschlüssel. Bevor sie die Haustür öffnete, drehte sie sich jedoch noch einmal um und kehrte in die Küche zurück.

»Ciao, amici miei, ich bin kurz unterwegs und in einer halben Stunde wieder hier.«

Aufgeregt strich sie sich eine weiße Strähne aus dem Gesicht, die sich aus ihrem Haarknoten gelöst hatte.

Camilla hatte sich soeben ein feines Häppchen ergattert, was bei der hungrigen Katzenschar gar nicht so einfach gewesen war. Mit einem Auge aber hatte sie jeden Schritt der Signora verfolgt. Sie war sicher, dass mit der alten Dame etwas nicht stimmte.

Irgendetwas scheint sie außerordentlich zu beunruhigen, dachte sie bei sich.

Bevor Signora Stiviso ihr Haus verließ, trat sie noch einmal ans Wohnzimmerfenster, schob die Gardine sachte beiseite und blickte nach draußen.

Ob es mit dem Mord und Brunhildas Ableben zu tun hat?, grübelte Camilla. Nach wenigen Minuten zog die Signora den Vorhang wieder zu. Sie atmete tief durch und ging dann zur Haustür. Ohne einen weiteren Moment zu zögern, verließ sie das Haus.

Camilla, die der Signora ins Wohnzimmer gefolgt war, sprang sofort zu den anderen Katzen in die Küche zurück.

»Attenzione!«, maunzte sie aufgeregt in die Runde der speisenden Katzen. Bei ihrem Ausruf blickten alle sofort auf.

»Was ist los, Camilla? Warum bist du so aufgebracht?«, fragte Renaldo verwundert.

»Die Signora hat soeben das Haus verlassen. Sie scheint über etwas sehr beunruhigt zu sein. Vielleicht hat es mit dem Mord, der toten Brunhilda oder mit dem Mann zu tun, von dem sie uns berichtet hat. Zwei von euch müssen ihr folgen. Ich täte es selbst, doch mit der kranken Pfote kann ich nicht schnell und geschickt genug hinter ihr hereilen.«

Camilla schaute sich die Katzen genau an. Wen sollte sie auswählen?

Stracciatella, den schwarz-weiß gesprenkelten Kater? Emilia, die pummelige Braune? Cosmo, der immer einen flotten Spruch auf den schmalen Katzenlippen hatte? Gigermo, den vorwitzigen Getigerten? Mimi, die Schüchterne mit den langen Beinen? Oder vielleicht Pimpinella, die schöne schwarze Katze mit dem seidigen langen Fell?

No! Dass Schönheit auch eine Gefahr bedeuten kann, das war ihr nur allzu bekannt. Sie hatte es noch immer deutlich vor Augen, wie Ornella, die schöne, schlanke schwarze Katze aus Carusos Gang, von Katzenfängern geraubt wurde. Glücklicherweise waren einige Katzen zur rechten Zeit am rechten Ort gewesen und hatten Ornella und einige andere eingesperrte Katzenkollegen befreit.

»Renaldo und Rosanna, ihr werdet gehen«, entschied Camilla schließlich. Die beiden nickten.

Die Katze des Ispettore wusste, dass sie sich auf Renaldo tausendprozentig verlassen konnte. Er gehörte zu Carusos Gang und war ein schlauer und erfahrener Kater. Rosanna mit ihrem hellbraunen Fell und den großen Ohren war eine eher unscheinbare Katze. Aber sie war freundlich und aufmerksam, also bestens geeignet für eine gute und unauffällige Observierung der Signora.

Beide waren der alten Dame treu ergeben. Renaldo und Rosanna würden sie nicht nur verfolgen, um ihr auf die Spur zu kommen. Sie würden auch auf ihre Sicherheit achten und ihr im Notfall helfen.

Die Katzen spürten seit Längerem, dass etwas Geheimnisvolles die Signora umgab. Häufig hatten sie bemerkt, dass sie nur mit ihnen sprach. Außerhalb des Hauses brachte sie Menschen gegenüber kein Wort über die Lippen. Nachbarn nickte sie freundlich zu, und Fremde ignorierte sie völlig.

»Passt gut auf die Signora auf!«, mischte sich nun der alte graue Gustavo ein.

»Was könnte sie bedrücken, was meint ihr?«, fragte Camilla in die Runde.

»Nessun'idea«, maunzte Rosanna. »Aus ihrer Vergangenheit hat sie uns noch nie etwas erzählt. Von dem Mann, den sie wiedererkannte, berichtete sie heute zum ersten Mal.«

»Was erzählt euch die Signora denn sonst so?«, fragte Camilla und schaute dabei Pimpinella an.

»Sie berichtet uns, was sie täglich so erlebt. Oder was meint ihr?« Die schöne schwarze Katze blickte in die Runde.

Stracciatella leckte sich mit der rosigen Zunge über die Schnauze. »Sie erzählt uns genau, was sie kocht, welches Gewürz sie als Nächstes ins Essen tut oder welche Zutaten sie braucht, damit ein Gericht besonders gut gelingt.«

Er schleckte sich noch einmal genüsslich über die Lippen.

»Und sie kann lange Geschichten über ihre Blumen erzählen«, warf Florinda, eine kleine braune Katze, schwärmerisch ein. »Über ihre Rosen und über jedes besondere Pflänzchen weiß sie etwas zu berichten. Wenn sie sich vor ihre Blumen niederkniet oder auf die Treppe vor dem Haus setzt, kommen wir schnell herbei. Dann kuscheln wir uns an sie oder setzen uns ganz in ihre Nähe. Sie hat eine sehr angenehme Stimme und eine feine und gewählte Art, sich auszudrücken. Kaum einer von uns, der sie näher kennt, möchte ihre Ausführungen verpassen.«

»Außerdem weiß sie viel über Venedigs Vergangenheit zu berichten«, meinte Stracciatella begeistert.

Renaldo sprang auf.

»Komm, Rosanna, wir müssen los, bevor Stracciatella ins Plaudern kommt. Sonst wissen wir nicht, wohin die Signora gegangen ist.«

Die Katzen begleiteten Renaldo und Rosanna bis zur Haustür. Mit einem großen Satz sprang der getigerte Gigermo an der Tür hinauf und drückte die Klinke mit einem festen Hieb nach unten. Ohne Schwierigkeit öffnete sie sich, und die beiden Katzen eilten hinaus.

Camilla sprang zum Fenster und steckte den Kopf unter der Gardine hindurch. So konnte sie in den Garten sehen und zugleich zum Tatort hinüberblicken. Es kribbelte ihr in den Pfoten. Wie gern hätte sie selbst dort drüben recherchiert! Doch daran war leider nicht zu denken, denn ihre Pfote war alles andere als beweglich und keineswegs einsatzbereit.

Jetzt sah sie Rosanna und Renaldo, die im Garten aufkreuzten. Die hellbraune Katze drehte sich fragend zu Camilla um.

In welche Richtung ist die Signora gegangen?, forschte ihr Blick.

Camilla schaute sich um, sie konnte die alte Dame noch gut sehen. Sie war ein Stück am Kanal entlanggeschritten und blickte nun zum Tatort hinüber.

Die Katze des Ispettore deutete Rosanna mit der linken Pfote die Richtung an. Die hellbraune Katze nickte Camilla dankend zu und sprang dann vorsichtig mit Renaldo hinter der Signora her.

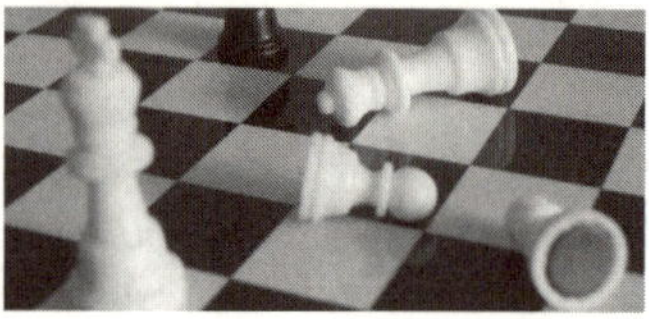

8. Dd1–b3	Dd8–f6
9. e4–e5	Df6–g6

Esmeralda bringt nun ihre weiße Dame ins Spiel. Riccardo lässt sich nicht herausfordern und zieht sofort mit seiner Dame nach. Esmeralda reagiert mutig und greift die schwarze Dame mit ihrem Bauern an. Riccardo erkennt in dem Zug einen schwachen Angriff und zieht seine Dame müde lächelnd zur Seite.

5. KAPITEL

Voll übelster Wut und in tiefstem Gram über den Verlust seiner Schwester schlich Zorro durch Venedigs Gassen. Jeder Schritt fiel ihm schwer. Er wusste nicht, wohin er gehen und was er tun sollte.

»Ich hätte ihr helfen müssen«, maunzte er verzweifelt. »Ich hätte sie besser beschützen müssen.« Immer wieder kamen ihm diese quälenden Gedanken in den Sinn.

»Ich hätte ihren Tod verhindern müssen. Es ist meine Schuld«, miaute er kläglich.

Betrübt schlich der maskierte Kater weiter. Einige Zeit war er nun schon unterwegs. Ziellos hatten ihn die Beine durch die nachtschwarze Serenissima getragen.

Eiligst war er zunächst vom Tatort davongesprungen, als er die Schritte eines Menschen gehört hatte. Zorro wollte auf keinen Fall wie Brunhilda von irgend so einem dahergelaufenen Katzenquäler misshandelt oder gar getötet werden. Da er seiner Schwester nicht mehr helfen konnte, war er geflüchtet.

»Assassino!«, fauchte er jetzt wütend.

Zorro war so laut gewesen, dass ein kleiner Bassotto, ein Dackel, der den Kopf neugierig aus der Haustür herausgestreckt hatte, erschrocken zusammenfuhr, den langen, dünnen Schwanz einzog und jaulend verschwand.

»Cagnaccio schifoso, Scheißköter, hau ab!« Sofort nach dieser Beleidigung bereute Zorro, dass er sich so hatte gehen lassen. Beschämt senkte er den Kopf.

Zorro hatte sich nicht mehr unter Kontrolle, so verzweifelt war er. Er war sich aber bewusst, dass er seinen Hass auf den Mörder seiner Schwester keinesfalls an anderen auslassen durfte. Eigentlich verstand er sich bestens mit den

Hunden Venedigs. Zorro war der Meinung, dass alle Vierbeiner aus ganz Venezia zusammenhalten mussten. Wäre ein Hund in Not geraten, so hätte er ihm geholfen, ohne zu zögern.

Zorros Gedanken kehrten wieder zurück zu dem schrecklichen Ereignis. Er war, nachdem er die Menschenschritte gehört hatte, schnellstens davongerannt: über Brücken, durch Hinterhöfe, die Mauern hinauf, auf ihnen entlang hinüber und weiter. Durch schmale Gassen und über Plätze hatte es ihn getrieben. Nur die schwarze Nacht Venedigs war sein Begleiter gewesen.

Lange Zeit hatte es gedauert, bis er sich eine kleine Verschnaufpause gegönnt hatte. Es war im Sestier di San Marco auf dem Campo San Stefano gewesen. Zorro war zu dem großen Brunnen geschlichen, vorbei an dem gütigen Mann, der dort auf dem Platz in Stein gemeißelt steht. Der weiße Kater hatte sich lang gestreckt, als er sich über den Beckenrand neigte. Schließlich hatte er es geschafft und konnte einen erfrischenden Schluck Wasser zu sich nehmen. Danach hatte er sich auf die Brunnenkante gesetzt und umgesehen. Aber keine Menschenseele schien unterwegs zu sein. Venedig lag in tiefem Schlaf und träumte. Zorro kam das Schlafzimmer von Signora Stiviso in den Sinn. Manches Mal hatte er dort auf der rosafarbenen Decke am Fußende des Bettes schlafen dürfen.

»Meraviglioso«, hatte er leise miaut. Doch im selben Moment musste er an Brunhilda denken, die auch so gern auf diesem Platz gelegen hatte. Da hob Zorro den Kopf, öffnete das Maul, und aller Schmerz jaulte aus ihm heraus. Plötzlich wurde ein Fenster geöffnet. Ein alter Signore streckte den Kopf heraus und schimpfte.

»Taglia la corda, gattaccio maledetto buono a nulla! Hau ab, du verdammt nichtsnutziges Katervieh!«

Zorro wäre vor Schreck fast in den Brunnen gestürzt. In

letzter Minute hatte er zum Glück das Gleichgewicht wiedergefunden und war geschwind davongesprungen.

Wie ungerecht konnten die Menschen doch sein! Kurz darauf hatte er ein geschütztes Plätzchen in einer Kellerlochnische gefunden, die kein Fenster mehr hatte. Nach wenigen Minuten spürte er, dass aus dem Keller die Kälte heraufkroch, doch das war ihm gleichgültig. Er konnte nicht weiter, er musste sich ausruhen.

Dort hatte er dann bis zum Morgengrauen gelegen und unruhig geschlafen. Die schrecklichen Bilder des Mordes verfolgten ihn während der ganzen Nacht. Er wachte fauchend auf und stürzte rücklings in das Kellerloch hinunter. Glücklicherweise landete er geschickt auf den Pfoten. Dann jedoch blickte er zu seinem Entsetzen in vier funkelnde Rattenaugen. Für einen Moment bewegte sich niemand.

Wahrscheinlich sind noch mehrere von denen hier unten. Also nichts wie weg, dachte Zorro geistesgegenwärtig.

So schnell wie möglich drehte er sich zur Fensternische um und sprang mit einem mächtigen Satz hinauf. Er schaffte es, mit den Vorderbeinen auf den Rand des Kellerfensters zu gelangen. Seine Pfoten krallten sich in das Mauerwerk, doch seine Hinterpfoten kratzten hilflos an der Wand. Er miaute verzweifelt und merkte, dass seine Kraft nachließ.

Gleich würde er abrutschen, und die Ratten würden ihn sich vorknöpfen, denn die schrien schon vergnügt von unten herauf.

»Das schaffst du nicht, das schaffst du nicht!« Doch da! Zwei kräftige Hände packten ihn und zogen ihn aus dem schrecklichen Kellerloch heraus.

»Na, das ist ja noch mal gut gegangen«, sagte eine freundliche Stimme, die zu einem Signore in einem abgewetzten Mantel gehörte.

»Lass ihn laufen!«, sagte ein anderer Mann, der in seiner Nähe stand.

Der Signore strich über Zorros Kopf und setzte ihn auf dem abgetretenen Boden ab.

»Na, dann marschier mal weiter!«, forderte er Zorro auf.

Der maskierte Kater rannte davon. Da er nach wenigen Metern merkte, dass die beiden Signori nichts Böses von ihm wollten, setzte er den Weg mit gemächlicheren Schritten fort.

Noch einmal wandte er sich zu den beiden Männern um. Sie lächelten vergnügt, doch ihrem ungepflegten Aussehen nach zu urteilen, gehörten sie nicht zu den vornehmen Herren Venedigs.

»Seltsam, dass es manchen Menschen nicht so gut geht wie anderen. Bei uns Katzen ist es allerdings ganz ähnlich. Einige von uns sind vornehme Hauskatzen, und dann gibt es welche, die streunen nur wild herum«, miaute er vor sich hin und schüttelte sich missmutig.

Ach, Brunhilda, was soll jetzt werden? Mit gesenktem Kopf kam er an einem Haus vorbei, dessen gusseiserne schwarze Tür halb offen stand.

Dahinter verbirgt sich vielleicht ein stiller Garten, und ich kann mich ausruhen, hoffte der erschöpfte Kater.

Er wagte einen flüchtigen Blick hinein und entdeckte zu seiner Überraschung die bezaubernde weiße Katzenkurtisane.

Das ist doch Raffaela, dachte er.

Ein bisschen verweilen. Etwas Nähe und ein verständiges Öhrchen – genau das würde ihm jetzt Trost geben.

Mit letzter Energie schob er sich so lautlos wie möglich durch das Tor. Vor ihm öffnete sich ein blühender Hinterhof, der zu einer alten Villa gehörte. An die eine Seite grenzte ein kleiner Garten.

Raffaela hatte es sich unter einem blühenden, duftenden Schmetterlingsstrauch im Hof gemütlich gemacht. Sie lag zusammengerollt da und schien zu schlafen. Bald würden die wunderschönsten Falter, Hummeln und Bienen den Busch bevölkern. Noch war es dafür nicht warm genug. Die Kälte der Nacht ruhte im Hinterhof, der von hohen Mauern umgeben war. Vorsichtig trat Zorro auf die Katzenkurtisane zu. Raffaela hatte ihn längst bemerkt.

»Was tust du hier?«, schimpfte sie und funkelte ihn böse an.

Erschrocken fuhr Zorro zusammen und hätte fast Reißaus genommen. Doch nach dem ersten Schreck entspannte er sich und schlich zu ihr unter den Busch.

»Buon giorno, Raffaela. Kannst du mir zu Diensten sein?«

An ihrer Miene merkte er sogleich, dass er sich falsch ausgedrückt hatte. Die sonst so sanfte Raffaela bleckte die Zähne und fauchte ihn an.

»Stör mich nicht bei meinem Schläfchen! Ich habe mich hierher zurückgezogen, weil ich etwas Ruhe vor euch lüsternen Katern brauche. Außerdem ist es noch früh am Morgen.«

»Scusa, Raffaela, es ist nicht so, wie du denkst. Ich brauche nur deine Nähe und ein wenig Frieden.«

Zorros Stimme klang schwach. Die feinsinnige Raffaela merkte, dass mit dem sonst so stolzen und abenteuerlustigen Kater irgendetwas nicht stimmte.

»Was hast du?«, fragte sie. Ihre Stimme hatte wieder die freundliche Färbung angenommen, die alle Kater so liebten.

Zorro lag nun vor ihr, seine Nase berührte ihre rechte Vorderpfote. Doch er antwortete nicht.

»Tesoro, was ist mit dir?«

Doch Zorro schloss nur müde die Augen und gab ein klägliches Maunzen von sich.

»Komm näher!«, forderte sie ihn auf.

Zorro jedoch rührte sich nicht mehr von der Stelle. Raffaela war ziemlich verwundert über das Verhalten des sonst so energiegeladenen Katers.

Es musste etwas Schlimmes passiert sein. Vorsichtig stand sie auf und schlich um ihn herum. War er verletzt? Äußerlich konnte sie nichts feststellen.

Hat er vielleicht innere Verletzungen? Raffaela stieß ihn zaghaft mit der Pfote an, doch Zorro gab keinen Mucks von sich. Sie hörte, wie er ruhig und regelmäßig atmete. Er war eingeschlafen.

Ob er krank ist? Sie schnupperte ringsherum an ihm. No.

Auch da war sie sich sicher. Ein so wunderbarer Duft konnte nur von einem gesunden Kater ausgehen.

Raffaela betrachtete sein schönes Gesicht.

Was mag ihn nur so durcheinandergebracht haben? Sie roch noch einmal an seinem Kopf und seinem Rücken.

»Hmm, welch herrlicher Katerduft!«, maunzte sie begeistert und glücklich.

Jetzt war die Katzenkurtisane doch ein wenig traurig, dass er nicht zu einem Schmusestündchen zu ihr gekommen war.

Raffaela streckte sich vorsichtig. Dann legte sie sich ganz dicht hinter Zorro. Er bemerkte nichts und schlief ungestört weiter. Die schöne Katze hingegen genoss seine Nähe und seinen betörenden Geruch.

Vielleicht will er später ja doch noch seine Katermännlichkeit unter Beweis stellen. Sie schnurrte erregt. Zufrieden und mit schönen Gedanken schlief auch sie ein.

Rosanna und Renaldo hatten sich in der Nähe des Kanals hinter einem stinkenden Abfallkorb versteckt und beobachteten die Signora.

»Was hat sie vor?«, maunzte Rosanna Renaldo leise zu.

»Nessun'idea. Es scheint, sie will zum Hotel hinüber.«

Rosanna rümpfte das feine Näschen. Übel riechenden Menschenmüll konnte sie nicht ausstehen. An jeder Ecke standen solche Schmutzbehälter. Warum nur gab es so viele davon? Manches Mal war Rosanna aber auch froh, wenn die Menschen Reste hinterließen. Sie schleckte sich das Schnäuzchen. Gegen ein feines Fischmahl hätte sie nicht das Geringste einzuwenden gehabt.

Signora Stiviso ging mit zügigen, für eine Dame ungewöhnlich großen Schritten auf das Hotel zu. Sie musste eine elegant geschwungene Brücke überqueren, um über den Rio San Giacomo zu gelangen.

Nun bemerkte Rosanna aus der Entfernung etwas Sonderbares, das ihr bis zu diesem Moment gar nicht aufgefallen war: Die Füße der alten Dame steckten noch immer in Hausschuhen. Das schien sie bisher nicht bemerkt zu haben.

Hoffentlich stolpert sie nicht damit, dachte Rosanna besorgt.

»Siehst du auch, was ich sehe?«, fragte nun Renaldo.

»Du meinst die Hausschuhe?«

Der braune Kater nickte seiner Begleiterin anerkennend zu.

»Sì – na, hoffentlich geht das gut.«

Auf der anderen Seite hatte sich der Schatten des Tages wie ein grauer Umhang besitzergreifend über die Häuser und Gassen gelegt.

Schritt für Schritt kam die Signora ihrem Ziel näher. Renaldo und Rosanna blieben mit einigem Abstand zurück, damit sie nicht entdeckt wurden.

Die beiden Katzen duckten sich kurz vor der Brücke, streckten sich vorsichtig und schauten durch die steinernen Pfeiler zu Signora Stiviso hinüber. Die bog gerade um eine Hausecke. Kurz darauf würde sie beim Hotel ankommen. Für einen Moment sahen die beiden Katzen die alte Dame nicht. Dann eilten sie ihr in großen Sprüngen bis zur Hausecke hinterher. Von dort aus konnten sie den Weg entlangblicken.

Renaldo und Rosanna beobachteten, dass die Signora in der Nähe des Toten stehen geblieben war. Sie war nicht allein. Außer ihr standen noch einige weitere aufgeregte Personen am Tatort.

»Per favore, gehen Sie weiter, Signora!«, bat der Ispettore. Auch den anderen Leuten befahl er, sich vom Tatort zu entfernen.

Ein Mann kniete neben dem Toten und betrachtete ihn aufmerksam.

»Die genaue Todesursache können wir nur durch eine Obduktion feststellen. Der Tote hat tiefe Kratzspuren am Hals und eine große Wunde am Hinterkopf. Dennoch trieb er mit dem Gesicht nach unten und der Verletzung nach oben im Kanal. Da ist etwas faul, wenn Sie mich fragen. Was meinen Sie, Castello?«

»Das sehe ich auch so.« Castello zwirbelte nachdenklich an seinem Bärtchen.

»Bardolino, lassen Sie ihn zur Obduktion bringen.« Dann wandte er sich weiteren Kollegen von der Spurensicherung zu, die – in weißen Overalls, mit Handschuhen, Pinseln und Tütchen bewaffnet – den Tatort in Augenschein nahmen.

»Gibt es weitere Anhaltspunkte bezüglich der Todesursache?«

»Kommen Sie mal her, Castello, und schauen Sie sich das an.« Der Ispettore ging zu Fenati hinüber.

»Sehen Sie, hier sind Blutflecken am Pfeiler.« Castello nickte.

»Das spricht für unsere Theorie, dass er sich die Verletzung außerhalb des Kanals zugezogen haben muss. Aber ich vermute, dass er nicht von allein ins Wasser gestürzt ist, denn der Pfeiler scheint mir vom Kanal zu weit entfernt zu stehen.«

»Da hilft nur eins, Castello«, mischte sich Bardolino ein, »wir müssen den Tathergang rekonstruieren.«

Castello verzog den Mund zu einem frechen Grinsen.

»Na, dann stellen Sie sich zur Verfügung und spielen das Opfer.«

»Muss das sein, Chef?«

»Sì, naturalmente.«

Bardolino schlurfte leicht genervt zu Ispettore Castello hinüber.

»Bringen wir die Sache hinter uns!« Castello stellte sich vor Bardolino, den er ein paar Meter weiter, mit dem Rücken zu einem ähnlichen Pfeiler, platziert hatte.

»Also, dann wollen wir mal sehen, ob Sie gleich einen unangenehmen Besuch im Kanalbecken machen oder ob meine Vermutung zutrifft. Ich denke, es gab ein Gerangel zwischen dem Täter und dem Opfer. Dabei hat der Mann sich womöglich gegen den Täter gewehrt. Dafür sprechen die Kratzspuren an seinem Hals. Der Täter muss seinem Opfer dann einen heftigen Stoß versetzt haben, woraufhin es auf den Pfeiler stürzte.«

Castello gab Bardolino einen unerwarteten Schubs, doch hielt er ihn im letzten Moment an seinem grauen Jackett fest, sodass er dem Sturz die Wucht nahm und Bardolino nicht auf den Pfeiler prallte, sondern unspektakulär und sachte zu Boden rutschte. Aber auch so war eindeutig zu erkennen, dass Bardolino selbst mit großem Schwung nicht nahe genug am Beckenrand gelandet wäre, um anschließend in den Kanal zu fallen. Es musste also jemand nachgeholfen haben.

Castellos Assistent lag erschrocken am Boden. Fenati stand grinsend daneben.

»Glotz nicht so blöd!«, schimpfte Bardolino. »Mistkerl«, fluchte er dann leise und meinte damit Castello. Dieser ging stillschweigend darüber hinweg. Er konnte Bardolino durchaus verstehen und hätte sicher ähnlich reagiert.

»Eins ist mir unklar«, meinte er stattdessen. »Welcher Mann kratzt einen anderen Mann am Hals, oder – anders gesagt – welche Frau hat solche Kraft, dass sie einen ausgewachsenen Mann zum Stürzen bringt?«

»Eine Kampfsportlerin«, bemerkte Bardolino trocken, ergriff Castellos Hand, die ihm dieser entgegenstreckte, und stand etwas ungelenk auf.

»Aber warum sollte eine Frau einen russischen Schachmeister umbringen?«, fragte Castello eher sich selbst.

»Vielleicht wollte sie ihn aus den Schachmeisterschaften raushaben.«

»Könnte möglich sein«, meinte Castello. »Beschaffen Sie mir doch bitte eine Aufstellung sämtlicher Spieler des Wettbewerbs. Ich möchte wissen, ob eine Frau unter den Spielern ist. Außerdem brauche ich nähere Informationen über den Toten. Nicht dass hier plötzlich der KGB auftaucht und uns irrwitzig dazwischenfunkt. Würde sich auch für Venedig nicht so gut machen.«

Bardolino klopfte sich die Hose ab.

»Sì, sì, wird gemacht, Castello.«

Er entfernte sich ein paar Schritte und drehte sich noch einmal zum Ispettore um.

»Ach, Chef, unter Spielern gibt es doch immer eine Revanche. Das sollten wir auch so handhaben. Nächstes Mal spielen Sie das Opfer.«

Bardolino grinste und kehrte zu dem Toten zurück.

»Das meinst auch nur du«, murmelte Castello vor sich hin.

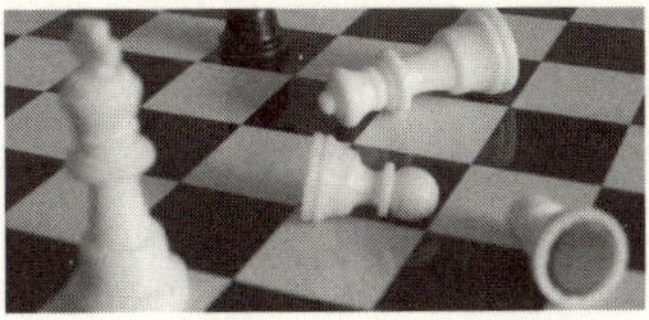

10. Tf1–e1 Sg8–e7

Esmeralda zielt nun mit ihrem Turm auf den König. Sie hat sich mit ihren Figuren gut positioniert. Dennoch sind von Riccardo zwei Bauern mehr im Spiel. Um seinen König zu schützen, setzt er vor ihn den Springer.

6. KAPITEL

Die Signora war der Aufforderung Castellos gefolgt. Sie hatte sich ein paar Schritte vom Tatort entfernt. Nun stand sie vor dem Garten des Hotels und blickte sich noch einmal zu dem Toten um. Der Ispettore und seine Leute waren mit ihren Untersuchungen und der Spurensicherung beschäftigt. Keiner beachtete sie. Ohne Zögern betrat sie den Garten.

»Was tut sie da?«, maunzte Rosanna leise.

»Was hat sie nur vor?«, grübelte Renaldo.

Ganz vorsichtig im Schatten der Mauern näherten sich die beiden Katzen dem Tatort. Sie hatten großes Glück – alle Männer waren beschäftigt. Seltsamerweise wurde eine Person soeben von einem Mann mit Schnauzbart zu Boden geworfen. In allerletzter Minute jedoch hielt er ihn an der Jacke fest und verhinderte somit dessen schmerzhaften Aufprall.

Manchmal sind die Menschen wirklich sehr seltsam, dachte Renaldo bei sich.

»Was hat denn das zu bedeuten?«, maunzte Rosanna leise und verlangsamte ihren Lauf.

»Beeil dich, wir müssen weiter!«

Renaldo ließ sich nicht ablenken. Er nutzte vielmehr die Gelegenheit und schlich unter einem der Kirschlorbeerbüsche hindurch in den Hotelgarten. Rosanna folgte ihm. Die beiden Katzen versteckten sich unter einem betörend duftenden Rosenbusch.

Nach wenigen Augenblicken entdeckten sie die Signora. Sie stand unter einem zartgelben Rosenbogen, der zu einem Laubengang in den Garten hineinführte. Die alte Dame blickte sich aufmerksam um. Sie wirkte leicht nervös, denn sie setzte mit zittrigen Fingern ihre Brille zurecht und strich sich immer wieder eine Haarsträhne aus dem Gesicht, die sie sonst nicht im Geringsten störte. Die Signora ging ein paar Schritte weiter und schaute sich erneut zu verschiedenen Stellen im Garten um.

»Sie scheint jemanden zu suchen.« Renaldo versuchte ihrem Blick zu folgen.

Aus dem Augenwinkel bemerkte er plötzlich eine Bewegung. Wie aus dem Nichts trat ein alter Mann hinter einem geflügelten Löwen hervor, der als Verzierung an einer mächtigen Gartenlampe angebracht war. Der Signore tat ein paar Schritte auf die alte Dame zu, die wie versteinert auf der Stelle verharrte. Dann blieb er abrupt stehen und schaute sie eindringlich an. Wie bei einem Duell standen sich die beiden nun gegenüber.

Rosanna war erschrocken zusammengezuckt.

»Zitta!«, ermahnte sie Renaldo.

»Scusa«, maunzte sie leise und dachte bei sich: Wer zückt wohl zuerst die Waffe? Außer einer spitzen Haarnadel hat die Signora nichts dabei. Ob ich ihr zur Hilfe eile? Wachsam stellte sie die Ohren auf. Einen Moment sollte ich wohl lieber noch warten.

Der Mann verzog keine Miene, nur seine Blicke wanderten über das Gesicht der Signora. Und da, wie hypnotisiert, griff sie sich ans rechte Ohrläppchen, auf dem sich ein markanter Leberfleck befand. Signora Stiviso wirkte nun noch nervöser.

»Hast du den Leberfleck gesehen? Der Mann scheint ihn zu kennen«, maunzte Rosanna leise.

»Sei still!«, ermahnte Renaldo seine Gefährtin erneut. »Sie dürfen uns nicht entdecken.«

Die beiden Katzen spürten genau, dass die Signora große Angst hatte. Ihre sonst so heitere Art war wie ausgelöscht; ihr Körper wirkte bis zum Äußersten angespannt. Ihre Wangen glühten, und an den zu Fäusten geballten Händen traten die Knöchel weiß hervor.

Signora Stiviso ging einen Schritt und dann noch einen zurück. Die Beine schienen sie nicht mehr tragen zu wollen. Sie schwankte, strauchelte, fiel gegen den Rosenbogen und verfing sich schließlich mit ihrer Strickjacke in den Dornen. Sie atmete schwer, griff sich an die Brust und wischte sich über die feuchte Stirn. Ihr Blick ging ins Leere, sie schien mit ihren Gedanken an einem anderen Ort zu sein.

Das kleine Mädchen war ein wenig in sich zusammengesunken. Ihr Rücken schmerzte, denn sie saß nun schon eine ganze Weile auf dem harten Hocker vor dem schäbigen Holztisch. Die Tischplatte zeigte tiefe, uralte Kratzer. Ein großes Schachbrett lag darauf.

Esmeraldas Dame saß in der Klemme, und dabei hatte das Spiel so gut für sie begonnen. Seit sie in dem kleinen Raum eingesperrt war, bestand ihr einziger Zeitvertreib aus dem Schachspielen mit einem ihrer Entführer. Er hieß Riccardo, hatte eine raue, tiefe Stimme und einen unangenehmen Blick. Sie spürte, dass er sie während des Schachspiels eindringlich musterte. Der Entführer wollte sie damit bestimmt verunsichern, doch sie schaute niemals zu ihm auf. Esmeralda schaute ausschließlich auf das Schachbrett. Sie versuchte, während des Spiels beherrscht zu wirken, unter dem Tisch jedoch zitterten ihr die Knie. Die Angst, dass seine Freundlichkeit umschlagen und er ihr etwas antun könnte, war übermächtig.

Esmeralda sah, wie seine fleischige Hand mit den ungepflegten Fingernägeln nach dem weißen Turm griff. Er zog ihn zwei Felder nach vorn. Sie versuchte exakt nachzuvollziehen, was er damit bezweckte. Nach genauerem Überlegen bemerkte sie, dass er zwei ihrer Figuren angriff. Zöge sie den Springer weg, wäre ihr Läufer in Gefahr. Ihn zu decken war nicht möglich. Sie musste sich etwas anderes einfallen lassen.

Bisher hatte Esmeralda noch kein Spiel gewonnen. Bevor

sie hier festgehalten wurde, kannte sie die Regeln des Schachspielens überhaupt nicht. Trotz aller Ängste machte ihr das strategische Spiel sehr viel Spaß, und sie lernte schnell.

Wenn Esmeralda allein in dem Zimmer war und sie die unheimlichen Geräusche von draußen hörte, den Wind, der mit den Dachziegeln klapperte und seine keuchenden Böen ums Haus jagte, versuchte sie sich abzulenken. Dann spielte sie noch einmal die Züge ihres Gegners auf dem Papier nach, das man ihr eigentlich zum Malen gegeben hatte.

Riccardo begann immer mit der gleichen Eröffnung, dem Königsgambit. Auch Esmeralda versuchte stets, ähnliche Züge anzuschließen, damit sie seine Taktik zu durchschauen lernte.

Jetzt endlich erkannte sie die Schwäche seines letzten Zugs. Mit dem Vorziehen ihres eigenen Turms wäre ihr Gegenüber schachmatt.

Was sollte sie tun? Und wie würde ihr Entführer reagieren, wenn sie ihn matt setzen würde?

Ein einziges Mal traute sie sich, ihn anzublicken. Sie schaute dem Mann genau in die Augen. Esmeralda bemerkte eine breite Narbe über der rechten Augenbraue. Der Entführer schaute sie mit funkelnden, stechend grünen Augen zornig an. Er hatte wohl seinen Fehler bemerkt und spürte, dass Esmeralda mit ihrem nächsten Zug rang.

»Wag es nicht, Kleine!«, sagte er dann mit einer Stimme, die zum Fürchten war.

Angespannte Minuten vergingen, während beide gebannt auf das Spielfeld blickten. Dann fegte der Entführer die Figuren wütend mit der Hand vom Schachbrett.

Es war die letzte Partie gewesen, die sie miteinander gespielt hatten.

Signora Stiviso blickte den alten Mann verächtlich an. Währenddessen rupfte sie ungeschickt an ihrer Strickjacke und befreite sie aus den Dornen. Ein langer Faden baumelte herunter und hinterließ ein unschönes Loch. Sie atmete tief durch und wich seinem Blick nicht aus. Die Worte jedoch blieben ihr in der Kehle stecken. Gern hätte sie ihm klargemacht, dass er erneut matt war. Doch die Angst schnürte ihr den Hals zu.

Die Signora zog ihre Strickjacke etwas fester um die Schultern, drehte sich langsam um und verließ den Garten.

»Wag es nicht!«, fauchte ihr der Entführer noch hinterher.

»Jetzt sehe ich mir mal die Katze an«, sagte Castello.

Er ging zu Brunhilda hinüber, bückte sich zu ihr hinunter und strich ihr über das seidige Fell. Sie fühlte sich unerwartet warm an. Offensichtlich war sie noch am Leben, auch wenn sie nur schwach zu atmen schien.

»Sie lebt noch!«, rief Castello seinen Kollegen zu.

Warum hier eine halb tote Katze liegt, ist mir allerdings völlig unklar, dachte Castello. Weshalb sollte sie etwas mit dem Toten zu tun haben? Was mein Chef sich da wieder zusammenreimt …

Er rückte sich die Nickelbrille zurecht.

Wo ist eigentlich meine gute Camilla? Und wo steckt mein schlauer Katzenfreund? Die sind doch sonst immer zur Stelle, wenn es einen neuen Fall zu lösen gilt. Ob sie die Katze kennen?

»Castello«, hörte er plötzlich eine Stimme hinter sich.

Erschrocken fuhr der Ispettore herum, denn er hatte seinen Kollegen Fenati nicht kommen gehört.

»Va bene, schon gut, Castello. Seien Sie doch nicht so schreckhaft! Da vorn geht Signora Stiviso. Sie lebt mit einer ganzen Schar Katzen zusammen. Vielleicht nimmt sie sich dieser da auch an. Ich weiß, sie hat schon einige der Vierbeiner wieder aufgepäppelt.«

Castello erhob sich.

»Das ist gar kein schlechter Vorschlag. Wissen Sie, wo sie wohnt, damit wir ihr später einige Fragen stellen können?«

»Sì, ihr Haus steht auf dem Campo Sant'Agostin.«

»Das ist doch hier ganz in der Nähe. Bene, dann machen wir es so, falls die Signora damit einverstanden ist.«

Castello winkte der alten Dame zu, die sich gerade zu ihm umgedreht hatte. Mit einer Handbewegung deutete er ihr an, sie möge herkommen. Signora Stiviso ging mit ruhigen Schritten auf den Ispettore zu. Sie schaute ihn ernst an, bückte sich wortlos zu Brunhilda hinunter und strich ihr über den Kopf.

»Arme Micina«, sagte sie leise.

»Wären Sie so freundlich und nähmen diese Katze in Pflege?«, fragte Castello sie.

Signora Stiviso blickte einen kurzen Moment zu ihm auf und nickte. Dann nahm sie Brunhilda vorsichtig auf den Arm und ging mit ihr ohne ein Wort oder ein Kopfnicken davon.

»Wir besuchen Sie in ein paar Tagen und schauen, wie es der Katze geht!«, rief ihr Castello hinterher. Doch die Signora drehte sich nicht um und verschwand um die nächste Häuserecke.

Strana Signora, dachte Castello und zwirbelte nachdenklich an seinem Bärtchen. Auch er hatte ihre Hausschuhe bemerkt.

Eigentlich war der Ispettore erleichtert, dass er sich nicht um die Katze kümmern musste. Dennoch schien ihm mit der alten Dame nicht alles in Ordnung zu sein. In ihren Augen hatte er Furcht gelesen.

Na, ich werde mal bei ihr vorbeigehen und schauen, ob es ihr und der Katze gut geht.

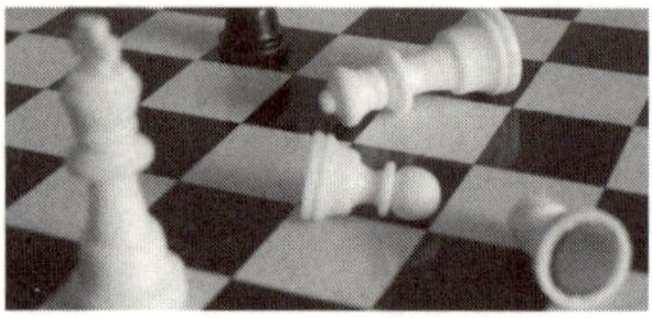

11. Lc1–a3 b7–b5

Angriff ist die beste Verteidigung. Der weiße Läufer zielt nun auf den schwarzen Springer. Riccardo will auch diesen Angriff nicht auf sich sitzen lassen und greift seinerseits Esmeraldas Läufer mit dem Bauern an.

7. KAPITEL

Camilla, die Katze des Ispettore, hatte aufmerksam am Fenster gesessen und das Geschehen am Tatort beobachtet, drüben auf der anderen Seite des Kanals. Für kurze Zeit hatte sie Signora Stiviso und die beiden Katzen aus den Augen verloren.

Zunächst war die alte Dame in den Garten des Hotels gegangen. Kurz darauf waren ihr Rosanna und Renaldo gefolgt. Camilla konnte von ihrem Fensterplatz aus nicht bis dorthin sehen. Der Garten war mit dichtem Kirschlorbeer umwachsen und versperrte ihr die Sicht. Unruhig trippelte sie auf der schmalen Fensterbank hin und her.

Immer wieder maunzten die anderen Katzen fragend. »Was spielt sich dort drüben ab? Nun erzähl schon!«

Doch Camilla konnte ihnen darauf keine Antwort geben. Sie war sehr beunruhigt, und auch ihre Freunde machten sich große Sorgen um die Signora und ihre beiden Katzenkollegen.

Camilla kratzte am Fenster, doch es ließ sich an keiner Stelle öffnen. Am liebsten wäre sie sofort hinübergeeilt. Sie wurde immer nervöser, wetzte erneut mit den Krallen am Fenstergriff, doch er ließ sich einfach nicht bewegen.

»Calmati, jetzt beruhige dich erst einmal!«, hätte ihr Caruso geraten und ihr dann sanft über die Schulter gestrichen.

Camilla setzte sich in eine Ecke des Fensters und atmete tief durch. Sie wollte versuchen, die Sache etwas besonnener anzugehen.

Aufgeregt liefen die Katzen im Wohnzimmer der alten Dame hin und her. Stracciatella und Largo fingen grundlos an, miteinander zu kämpfen. Sie kugelten auf dem Boden herum und fauchten übermütig.

»Finiamola, Schluss damit!«, schimpfte Camilla und schaute unter dem Vorhang hervor.

»Wir müssen überlegen, wie wir Signora Stiviso, Rosanna und Renaldo helfen können. Haltet euch nicht mit sinnlosem Geplänkel auf. Eure Kraft könnt ihr bestimmt an anderer Stelle besser einsetzen.«

»Va bene, schon gut, Camilla«, lenkte Stracciatella ein. Largo hingegen schaute sie frech an und hieb dem gesprenkelten Kater noch einmal mit der Pfote auf den Rücken. Dann verzog er sich in die Küche. Stracciatella fauchte ihm hinterher.

»Vielleicht ist ihr Verschwinden ja auch völlig harmlos, und wir machen uns unnütze Gedanken«, meinte er dann.

»Es kann aber auch sein, dass sich der Mörder noch immer dort drüben aufhält«, maunzte Pimpinella leise.

»Warum sollte er, es wäre doch viel zu gefährlich für ihn«, tönte es aus der Küche herüber.

»Wenn Pimpinellas Vermutung doch zutrifft, dann sind alle drei in großer Gefahr«, gab Camilla zu bedenken.

»Mörder, Mörder!«, krächzte nun Bartolomeo. Stracciatella schlug im Vorbeigehen mit der rechten Hinterpfote gegen den Käfig des Papageien. Bartolomeo verstummte augenblicklich.

Camilla blickte Stracciatella freundlich an.

»Wusstest du eigentlich, dass du nach einer römischen Fetzensuppe benannt bist?«

Die ganze Katzenschar grölte und miaute amüsiert. Stracciatella ließ sich jedoch nicht aus der Ruhe bringen. Er nahm eine selbstbewusste Haltung ein.

»Meine Eltern waren angesehene römische Katzen. Sie haben mir diesen Namen ganz bewusst gegeben. Jeden Donnerstag gab es diese feine Suppe in dem hochherrschaftlichen Haus, in dem sie Hauskatzen waren. Und dann haben sie immer etwas von den feinen Resten abbekommen.«

Er verdrehte verzückt die Augen.

Camilla nickte ihm anerkennend zu. Dann schob sie den Kopf wieder unter dem Vorhang hindurch und blickte erneut zum Tatort hinüber.

»Mille grazie, santo cielo dei gatti, da ist sie wieder! Signora Stiviso steht bei meinem Ispettore, und wisst ihr, wen sie auf dem Arm hält?«

»Nun sag schon!«

Die Katzen sprangen aufgeregt zu ihr ans Fenster.

»Es ist Brunhilda.«

»Ist sie wirklich tot?«, fragten Gigermo und Mimi wie aus einer Schnauze.

Camilla schaute noch einmal nach drüben.

»Das kann ich aus der Entfernung nicht feststellen. Wir müssen warten, bis Signora Stiviso mit ihr hier ist.«

»Brunhilda, Brunhilda!«, krächzte es nun aus dem Vogelkäfig. Doch sogleich war Bartolomeo wieder still. Er wollte anscheinend keinen Ärger bekommen.

Camilla schaute die Straße hinunter, und ihrer Kehle entfuhr ein überschwänglicher Maunzer. Sie konnte kaum glauben, wen sie da sah. Caruso schlich am Kanal entlang und würde jeden Moment am Haus der alten Dame vorbeikommen. Sie stellte sich auf die Hinterbeine und trommelte mit den Tatzen gegen die Scheibe.

»Caruso, Caruso, hier bin ich!«, rief sie immer wieder. Tatsächlich hielt der rote Kater plötzlich inne und blieb stehen.

Unentwegt behielt der Meisterdetektiv das Geschehen am Tatort im Auge. Nur noch wenige Meter, und er käme zu einer Brücke, über die er auf die andere Seite des Kanals gelangen würde. Doch plötzlich bremste er seinen Lauf instinktiv ab.

Irgendetwas stimmte hier nicht. Er setzte sich auf die Hinterpfoten und lauschte den vielen Geräuschen ringsum. Er hörte Kinderlachen und ein Motorboot, das näher kam. Eine Haustür fiel ins Schloss, und eine Frau rief nach ihrem Hund. All dies beunruhigte Caruso nicht im Geringsten. Das war typisches venezianisches Treiben. Dennoch ging hier etwas Nichtalltägliches vor sich. Aber er hatte keine Erklärung für dieses Gefühl.

»Strano«, maunzte er leise.

Noch einmal horchte er ganz genau auf die Geräusche ringsum, und da vernahm er plötzlich ein Trommeln, das er zuvor noch nicht bemerkt hatte. Dabei war es doch ganz in der Nähe.

Caruso stellte sich auf alle viere und wandte langsam den Kopf. Er schaute sich die Häuser – hinauf und hinunter – ganz genau an. Jede Stelle versuchte er abzusuchen, um auch nichts zu übersehen. Aber er konnte nichts entdecken. Nachdenklich fuhr er sich über die Schnurrbarthaare.

Woher kommt nur dieses leise Trommeln?

Plötzlich glaubte er eine Bewegung hinter einem Fenster zu sehen.

Da ist doch etwas. Accidenti, verflixt, die Scheibe spiegelt so unangenehm. Ich werde mal hinschleichen und nachsehen, was da los ist.

Langsam und mit großen Schritten näherte sich Caruso dem Haus und dem besagten Fenster. Plötzlich entdeckte er Camilla. Und nun hatte er es ganz eilig, dorthin zu gelangen. Der rote Kater schlüpfte durch ein Loch in der Hecke, eilte an den geflügelten Löwen vorbei und erklomm mit einem großmächtigen Satz die schmale Fensterbank. Jetzt trennte ihn nur noch eine Doppelfensterscheibe von seiner Gefährtin.

»Liebste Camilla, was tust du denn hier?« Freude und Entsetzen spiegelten sich in ihrem Gesicht. Caruso kratzte an verschiedenen Ecken des Fensters, aber es ließ sich nirgends öffnen. Camilla schien ihm etwas Wichtiges mitteilen zu wollen, doch durch die dicke Fensterscheibe vernahm er keinen Laut. Sie machte einen höchst beunruhigten Eindruck. Jetzt sah Caruso den Verband an ihrer Pfote.

»Amorino, Liebling, was ist denn nur passiert?«

Camilla gab ihm mit der gesunden Pfote ein Zeichen, er solle um das Haus herumkommen. Sofort sprang Caruso vom Fensterbrett hinunter und stürmte durch den Garten zur Vorderseite des Hauses. Dann gelangte er auf den wunderbar, herrlich duftenden Platz.

Camilla drehte sich aufgeregt um.

»Macht mir Platz! Caruso kommt, ich muss ihm die Tür öffnen.«

Sogleich wichen die Katzen ein Stück zur Seite. So konnte Camilla vorsichtig zu Boden springen. Sie eilte sofort zur Haustür und kratzte aufgeregt mit der gesunden Pfote daran herum.

»Nun geh schon auf, du dummes Ding!« Immer wieder versuchte sie die Türklinke mit einem gezielten Sprung nach unten zu drücken, doch die Kraft der einen Pfote reichte nicht aus.

»Komm, ich helfe dir«, bot Stracciatella ihr an. Camilla nickte ihm zu und trat zur Seite. Mit einem kraftvollen Satz öffnete der gesprenkelte Kater die Tür.

»Ihr bleibt hier, verstanden?«

Die Katzen schauten Camilla enttäuscht an. Sie hätten den berühmten Meisterdetektiv so gern augenblicklich willkommen geheißen. Doch damit mussten sie nun höflicherweise warten.

Camilla schlüpfte durch die Tür und entdeckte Caruso, der sich bewundernd auf dem Platz umsah.

»Hierher, Caruso, hierher!«, rief sie.

Freudig sprang der feuerrote Kater auf das angelehnte Tor zu. Er huschte hindurch und rannte seiner geliebten

Gefährtin entgegen. Auch Camilla eilte auf ihn zu. Caruso hatte so viel Schwung, dass er sie förmlich umrannte. So kugelten sie wild umeinander.

Doch dann rollte sich Camilla geschickt ab und kam zum Stehen. Auch Caruso gelangte wieder kraftvoll auf die Füße.

»Vorsicht, meine Pfote!«, maunzte sie.

»Was ist passiert? Hast du Schmerzen?«

»Das erzähle ich dir später.«

Mit leicht gesenktem Kopf stellte sich Caruso vor Camilla hin und schaute ihr mit einem zärtlichen Blick tief in die Augen.

»Sieh mich nicht so an!«, ermahnte sie ihn. »Wir haben keine Zeit für Turteleien. Ich muss dir etwas Ernstes berichten.«

»Sì, mein Schatz, la più bella micina di tutte, schönstes Miezchen von allen.«

Camilla senkte verlegen den Kopf. Sie wusste, dass sie nicht schön war. Aber Caruso liebte sie so sehr, dass er nur ihre Vorzüge bemerkte. Sie schnurrte sanft, doch dann schaute sie Caruso streng an. Der Meisterdetektiv bemerkte ihren Blick und setzte sich ernsthaft in Positur. Dennoch zuckte es ihm übermütig um die Schnauze.

Camilla fiel es sichtlich schwer, Haltung zu bewahren. Auch sie hätte zu gern mit ihm herumgetobt. Ach, wie liebe ich doch diesen hübschen, schlauen Kater!, ging es ihr durch den Kopf. Doch sie riss sich zusammen.

»Lass uns hineingehen«, schlug sie ihm vor. Caruso folgte seiner Gefährtin, ohne zu murren. Auch er musste ihr die Neuigkeiten berichten, die sich zugetragen hatten.

Als der Meisterdetektiv das Haus betrat, wurde er sofort freudig von den wartenden Katzen empfangen. Begeistert stürzten sie auf ihn zu.

»Caruso ist da!«

»Grazie a Dio.«

»Wir brauchen deine Hilfe.«

»Caruso ... Caruso ...«

»Evviva Caruso!«, riefen die Katzen wild durcheinander.

Der stolze rote Kater hatte jedoch nur Augen für seine Gefährtin.

»Zitti, seid still!«, mahnte er. »Mille grazie für eure herzliche Begrüßung. Ich möchte mich jetzt aber in Ruhe mit Camilla unterhalten, kapiert!?«

Auf der Stelle wurden die Katzen still und nickten zustimmend. Caruso und Camilla huschten am Kachelofen vorbei in die Küche. Caruso trank schnell ein Schlückchen Milch aus einem der Näpfe. Und stibitzte sich ein Häppchen Fleisch, das am Rand eines der Schalen klebte. Er schleckte sich mit der rosigen Zunge über die Schnauze und gesellte sich dann zu Camilla, an deren Hals er zärtlich die Nase rieb. Caruso atmete ihren feinen Duft ein und schnurrte zufrieden. Für einen Moment saßen sie so da, dann ließ sich der Meisterdetektiv auf die Hinterpfoten nieder und schaute seiner Gefährtin ernst in die Augen.

»Erzähl, Camilla! Was ist geschehen?«

Die Katze des Ispettore setzte sich ebenfalls auf die Hinterpfoten und berichtete, was sich zugetragen hatte, seitdem sie von Signora Stiviso aufgenommen worden war.

Aufmerksam lauschte Caruso Camillas Bericht. Nachdem sie geendet hatte, war es für einen Moment still. Auch die anderen Katzen hatten sich inzwischen nahezu lautlos in die Küche geschlichen. Aber der schlaue rote Katzendetektiv spürte genau, dass sie hinter ihm standen. Elegant drehte er sich zu ihnen um. Fragende und sorgenvolle Gesichter blickten ihn an.

»Das mit eurer Gefährtin Brunhilda tut mir sehr leid«, sagte Caruso mit ernster Stimme.

»Der Mistkerl, der ihr das angetan hat, den werden wir uns vorknöpfen«, fauchte Cosmo böse.

Auch die anderen Katzen miauten zustimmend. Caruso hob die rechte Pfote.

»Spart eure Kraft!«, brummte er dann mit finsterer Miene. »Erst einmal müssen wir herausbekommen, wer Brunhilda etwas Böses angetan hat und wer den Mann ermordete.«

Der rote Meisterdetektiv schwenkte den Schwanz mit der schwarzen Spitze über den Boden und strich sich über die langen Barthaare. Die anderen Katzen taten es ihm gleich und ließen sich im Kreis um ihn nieder. Dann blickten sie den schlauen Kater fragend an. Was würde er vorschlagen?

»Was meinst du, Caruso, sollen wir auf Rosannas und Renaldos Rückkehr warten? Oder sollen sich noch einige von uns dort drüben umschauen?«, fragte Camilla vorsichtig.

Für einen Augenblick trat Ruhe ein. Man hätte ein Mäuslein rascheln hören können, doch die Katzen vernahmen nur das Ticken von Signora Stivisos altehrwürdiger Standuhr.

»Beschreib mir noch einmal genau den Mann, von dem die Signora euch erzählt hat und vor dem sie sich so fürchtet.«

»Es ist ein weißhaariger alter Mann mit einem zerfurchten, kantigen Kinn und einer breiten Narbe über dem einen Auge. Aber bedenke, Caruso, sie hat mit keinem Wort gesagt, dass er der Mörder ist. Ich habe nur ihre Angst gespürt.«

»Ich verstehe.« Caruso nickte. »Doch irgendetwas hat der Mann der Signora womöglich angetan. Vielleicht ist er auch fähig, einen Mord zu begehen.«

»Du meinst zwei Morde«, unterbrach ihn Largo unhöflich und sprang aufgeregt auf ihn zu.

Caruso fauchte den hellbraunen Kater mit den zu kurz geratenen Beinen streng an.

»Ein Mord oder zwei Morde, das ist nicht das Entscheidende. Wir müssen herausbekommen, ob er etwas mit den Verbrechen zu tun hat. Auf jeden Fall kommt er für mich als Täter infrage.«

»Scusa, Caruso.« Der kurzbeinige Kater schlich kleinlaut zu den anderen Katzen zurück. Caruso nickte ihm zu.

»Va bene, aber hüte das nächste Mal dein Temperament. Setz es an der richtigen Stelle ein.«

Der Kater nickte betroffen.

Caruso schaute in die Runde der Katzen.

»Ich verstehe, dass ihr aufgebracht und in Sorge seid. Doch wir müssen besonnen handeln, denn sonst bekommen wir überhaupt nichts heraus.«

Er musste an die Fratelli Neri denken. Ob sie Zorro inzwischen gefunden hatten?

Caruso schaute zu Camilla hinüber.

»Carissima, du Gute, bist du in der Lage, mit mir zu kommen?«

Camilla schüttelte den Kopf.

»No, Caruso, scusa. Ich müsste flink und sicher auf den Beinen sein. Das bin ich aber noch nicht. Scusa, tut mir leid«, miaute sie bedauernd und senkte betrübt den Kopf.

»Nessun problema, dann hältst du hier die Stellung und gibst acht, was passiert. D'accordo?«

»Sì.«

Die Ringe unter ihren Augen zogen sich an den Seiten etwas nach oben. Sie schien zu lächeln.

»Ich mache mich auf den Weg zu Castello.« Der Meisterdetektiv schaute in die Runde der Katzen. Einige von ihnen fielen ihm durchaus positiv auf. Da waren Mimi und die schöne Pimpinella. Gigermo, Cosmo, die pummelige Emilia und der alte Gustavo. Aber sie alle kamen für Caruso nicht infrage. Es waren durchaus interessante Katzenpersönlichkeiten, aber irgendetwas fehlte in ihrem Blick, das für ihn als Detektiv wichtig war. Er brauchte jemand Vertrauensvollen und Mutigen, der ihn begleitete und der sich zum verabredeten Zeitpunkt mit den Fratelli Neri treffen müsste. Aber das erzählte er jetzt lieber noch nicht. Es sollte ein Kater sein, der sportlich und besonnen zugleich war.

Da schaute er Stracciatella in die Augen. Der gesprenkelte Kater wirkte mutig und kraftvoll und wich seinem Blick nicht aus. Mit dem Aufstellen beider Ohren fragte ihn der Meisterdetektiv, ob er bereit sei, ihm zu folgen. Stracciatella verstand sofort und nickte wortlos.

»D'accordo«, meinte Caruso zufrieden. »Ich habe einen zuverlässigen Partner gefunden.« Stracciatella trat vor und setzte sich stolz neben den Meisterdetektiv.

»Ihr bleibt hier und steht Camilla zur Seite!«, befahl Caruso den anderen Katzen, die ihn mit großen, enttäuschten Augen anblickten.

»Außerdem haltet ihr Ausschau nach den Fratelli Neri.«

Nun ging ein Raunen durch die Reihen der Katzen.

»Ich erkläre euch gern den Zusammenhang.« Caruso berichtete, was die Neri erlebt hatten und dass sie auf der Suche nach Zorro waren.

»Das Narbengesicht ist bestimmt der Mörder«, fauchte Gigermo. Auch die anderen waren seiner Meinung.

»Seid nicht zu voreilig!«, ermahnte Caruso die Katzen. »Wir bekommen es noch heraus.«

Er stand auf und wollte mit Stracciatella die Küche verlassen. Da war ein Rascheln an der Tür zu hören.

Aufgeregt drehten sich die Katzen um und versuchten nahezu gleichzeitig über die Türschwelle in den Flur zu gelangen. Es gab einen großen Tumult. Einige fielen übereinander und fauchten sich grimmig an. Dann kamen sie aber geschwind wieder auf die Beine und eilten hinaus. Caruso, Stracciatella und Camilla sprangen hinterher.

Das Geräusch war Signora Stivisos Schlüssel gewesen. Sie hatte die Haustür geöffnet, stand im Türrahmen und schaute noch einmal hinaus auf den Platz. Die alte Dame trug Brunhilda auf dem Arm. Da sie den Katzen den Rücken zuwandte, konnten sie nicht erspähen, wie es ihr ging. Ein paar Katzen drückten sich neugierig zwischen den Beinen der Signora hindurch. Einige blieben überrascht sitzen, manche versuchten sich nach draußen zu drängen.

»Sie scheint schwer verletzt zu sein!«, rief Emilia besorgt. »Aber sie atmet. Ich sehe es deutlich. Sie lebt!«

Ein Jubelgemaunze entfuhr den Katzenkehlen.

»Platz da!«, fauchte Caruso streng. Die Katzenschar öffnete einen schmalen Durchgang, und Caruso, Camilla und Stracciatella schlüpften an den Beinen der Signora vorbei ins Freie. Der Meisterdetektiv und die Katze des Ispettore blickten aufmerksam auf den Arm der Signora.

»Tatsächlich, es ist Brunhilda«, miaute Camilla. »Sie scheint wirklich zu leben.«

Dann hatte ich also recht mit meiner Vermutung, dachte Caruso und war höchst zufrieden mit sich selbst. Übermütig zupfte Largo an Stracciatellas Schwanz. Doch dieser sah seinen Kumpel nur streng an. Gern hätte er mit ihm gekämpft, doch das verkniff er sich. Es war eine große Ehre und Herausforderung, dass Caruso ihn als Partner ausgewählt hatte. Diese Sache wollte er sich auf gar keinen Fall verderben. Für ein Kämpfchen hatte er später auch noch Zeit.

Nachdenklich setzte sich Caruso auf die oberste Treppenstufe. In der Sonne sah er aus wie ein leuchtender Feuerball. Camilla gesellte sich zu ihm. Stracciatella stellte sich dahinter.

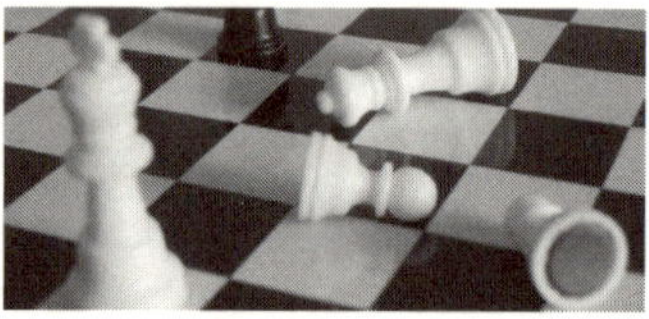

12. Db3xb5	Ta8–b8
13. Db5–a4	La5–b6

Ein kühner Vorstoß von Esmeraldas Dame folgt. Sie schlägt den schwarzen Bauern und greift gleichzeitig Läufer und Springer an.

Riccardo zieht seinen Turm schützend nach vorn und bedroht nun die weiße Dame.

Doch Esmeralda weiß einen Ausweg und zieht sich ein Feld zurück. Sie schaut auf den schwarzen Läufer, der sich jedoch schnell verzieht.

Riccardo nutzt seinen Vorteil und konzentriert sich mit seinem Läufer auf die Ecke des weißen Königs.

8. KAPITEL

Rosanna und Renaldo hatten katzenstill unter dem Rosenbusch gesessen und das Geschehen in dem kleinen Hotelgarten verfolgt. Sie spürten die entsetzliche Angst ihrer Signora. Das musste der Mann sein, von dem sie erzählt hatte. Auch dieses Mal war sie stumm geblieben und hatte kein Wort gesagt.

Seltsam verhalten sich die beiden, dachten die Katzen. Sie kennen sich offensichtlich.

Der Mann hatte eigentlich ein gepflegtes Äußeres. Er trug einen akkuraten Anzug, saubere Schuhe, und seine weißen Haare waren kurz geschnitten. Sein Gesicht jedoch hatte einen Ausdruck zum Davonlaufen. Die funkelnden Augen mit der breiten Narbe darüber, das kantige Kinn mit der tiefen Furche und der breite Mund mit den schmalen Lippen erzeugten einen fiesen und unheimlichen Eindruck.

Als die Signora den Garten verlassen hatte, war der Mann noch für einen Moment stehen geblieben. Es dauerte eine Weile, bis sich der Ausdruck seines Gesichts entspannt hatte und freundlichere Züge annahm.

»Maledizione, verdammt noch mal!«, fluchte er. Und als er an dem Rosenbusch vorbeikam, unter dem Rosanna und Renaldo sich versteckt hielten, sagte er etwas Sonderbares: »Das Spiel werde ich wohl doch noch beenden müssen.«

Bevor er den Garten verließ, schaute er vorsichtig auf den Weg, der am Rio San Giacomo entlangführte. Sein Blick schien die Signora zu suchen. Außerdem wollte er sich der Polizia gegenüber, die sich überall am Tatort tummelte, offensichtlich nicht verdächtig machen.

Nach wenigen Minuten verschwand der Fremde. Kurz

darauf folgten ihm die beiden Katzen. Seltsamerweise erblickten sie sofort die Signora.

War es Zufall oder Absicht, dass der Mann den gleichen Weg wie die alte Dame eingeschlagen hatte? Esmeralda Stiviso schien zu ihrer alten Villa gehen zu wollen.

Womit hat sie sich in der Zwischenzeit nur aufgehalten?, dachte Rosanna und wunderte sich, dass die Signora sich noch nicht weiter entfernt hatte. Trägt sie da nicht irgendetwas auf dem Arm?

Die alte Dame hatte sich bisher kaum umgeschaut. Nun blieb sie unerwartet auf der Brücke stehen, die über den Rio San Giacomo führte, und schaute zum Tatort hinüber. Ihr Verfolger war geschickt in eine Tornische gesprungen. Die Signora konnte ihn unmöglich bemerkt haben. Auch Rosanna und Renaldo hielten in ihrem raschen Lauf inne, denn sie durften den Mann auf keinen Fall überholen. Sie waren an den Mauern entlanggeschlichen. Jetzt saßen sie unter einer Efeuranke und waren nahezu unsichtbar. Doch was sie von dort aus sahen, konnten sie kaum glauben. Die alte Dame trug Brunhilda. Die Katze schien tot zu sein. Leblos hing sie auf dem Arm der Signora.

»Per l'amor di Dio, um Gottes willen!«, maunzte Rosanna leise.

Renaldo versetzte ihr einen unsanften Hieb in die Seite und ermahnte sie mit strengem Blick, still zu sein. Die Signora schüttelte den Kopf, irgendetwas schien ihr zu missfallen. Sie ging jedoch weiter. Der Mann und auch die beiden Katzen konnten von ihrem Versteck aus genau beobachten, wohin sich die Signora wandte. Sie schritt am Kanal entlang und bog nach wenigen Metern, ohne sich noch einmal umzublicken, in einen schmalen Weg ein.

Schnell schlüpfte der alte Signore aus seinem Versteck hervor und eilte ihr mit großen Schritten hinterher – er rannte fast. Dann folgte er ebenfalls dem schmalen Weg. Nun hefteten sich ihm Renaldo und Rosanna an die Fersen, denn mittlerweile war ihnen klar, dass der Mann die Signora verfolgte. Ganz gewiss führte er nichts Gutes im Schilde. So schnell und unauffällig wie möglich sprangen die Katzen hinter ihm her.

Als der Mann den Campo Sant'Agostin erreicht hatte, ging er auf dessen Mitte zu und blieb dort mit verschränkten Armen regungslos stehen. Die beiden Katzen duckten sich hinter die üppigen weiß blühenden Margeriten, die aus dem Garten der alten Dame auf den Weg herauswuchsen. Von dort aus beobachteten sie den Signore. Dieser blickte sich aufmerksam um und konnte gerade noch Esmeralda Stiviso sehen, die durch den mit Rosen bewachsenen Türeingang trat. Er nickte grimmig und schien zufrieden zu sein, ihren Wohnsitz herausbekommen zu haben.

Einige Katzen eilten freudig aus dem Haus und strichen Signora Stiviso liebevoll um die Beine. Als sie Brunhilda auf ihrem Arm bemerkten, fingen sie wild an zu maunzen. Die alte Dame drehte sich noch einmal um; sie spürte wohl, dass da irgendjemand war. Dann bemerkte sie den üblen Signore und schaute ihm mit Verachtung ins Gesicht.

Caruso hörte sie leise in Brunhildas Fell fluchen: »Verdammter Mistkerl, lass mich endlich in Ruhe!« Dann wandte sie sich wieder ihrem Haus zu und trat ein. Caruso drehte sich kurz um. Die alte Dame hatte die Tür nur angelehnt. Dann schaute er wieder zu dem Mann hinüber. Der beobachtete nach wie vor mit finsterer Miene die Villa.

Amorosa, eine pummelige kleine weiße Katze, zwängte sich gerade von außen hinein, sodass die Tür einen Katzenspaltbreit offen blieb.

»Das muss der Mann sein, von dem du mir erzählt hast«, miaute Caruso Camilla leise zu.

»Das ist er«, nickte sie.

Für einen kurzen Moment ließ er die Blicke aufmerksam über den bezaubernden Platz schweifen. Schräg gegenüber bemerkte er den Laden eines Geigenbauers. Mit schwungvollen Buchstaben stand darüber auf einem großen Schild: *Violin and Lute Makers of Venice.*

Zwischen zwei Häusern waren von den obersten Fenstern aus Wäscheleinen gespannt, an denen bunte Tischdecken hingen. Die Türen hatten besondere Griffe.

»Ich mache mich mit Stracciatella auf den Weg zu Castello, und du behältst hier alles im Blick. D'accordo?«

Camilla nickte zustimmend.

Renaldo hatte die Ohren gespitzt.

»Ist das nicht Caruso – dort hinter der Hecke? Was sucht der hier? Er ist immer einen Schritt voraus. Unglaublich, welchen Instinkt der hat! Er ist eben der beste Capo weit und breit. Und der schlauste Katzendetektiv, den ich mir vorstellen kann.«

Renaldo hielt es in seinem Versteck nicht mehr aus.

»Komm mit!«, forderte er Rosanna auf.

Und schon bogen die beiden Katzen um die Ecke und betraten den Garten der Signora.

»Renaldo, was tust du hier?«, begrüßte ihn Caruso überrascht und sprang auf.

Vor der untersten Treppenstufe bremsten Renaldo und Rosanna ihren Lauf ab und setzten sich auf die Hinterpfoten.

»Sei gegrüßt, Caruso! Siehst du den Typen da auf dem Campo stehen? Mit dem stimmt was nicht.«

Renaldo und Rosanna erzählten dem Meisterdetektiv von dem sonderbaren Treffen der Signora im Hotelgarten mit dem unangenehmen Signore.

»Er hat etwas Seltsames geäußert, etwa so: ›Jetzt muss ich das Spiel doch noch beenden.‹ Keine Ahnung, was er damit meint. Aber offensichtlich kennen sich die beiden von früher, und die Signora hat große Angst vor ihm.«

Der rote Kater nickte und strich sich über die langen Barthaare.

»Nach allem, was mir die Fratelli Neri und Camilla erzählt haben und nun auch ihr berichtet, könnte es sich um ein Schachspiel handeln. Es klingt so, als hätten die beiden eine Partie nicht beendet. Ich vermute, dahinter steckt nichts Gutes. Der Mann sieht nicht gerade wie ein gütiger Signore aus. Sein Blick wirkt verschlagen und böse.«

Carusos Miene verfinsterte sich. »Renaldo, du stehst Camilla zur Seite. Behaltet den Mann gut im Auge. Ich lotse Castello so schnell wie möglich hierher.«

»Bene, Capo, buona fortuna.«

Langsam stieg Caruso die Treppen hinunter. Er tat gelangweilt, schnupperte mal hier, mal dort. Stracciatella folgte ihm ebenso unauffällig. Der schlaue Meisterdetektiv sah dem finsteren Mann nicht ins Gesicht. Nur aus dem Augenwinkel beobachtete er, dass die unangenehme Gestalt nach wie vor an der gleichen Stelle stand. Caruso schritt durch das Tor und strich mit der Schwanzspitze einmal durch die Luft – das bedeutete für Camilla: »Tesoruccio, Liebste, bin bald wieder da.«

Dann gähnte er und rieb sich über die kräftigen Barthaare. Nachdem Stracciatella an seine Seite gekommen war, schlichen sie gemeinsam am Garten entlang zu dem schmalen Weg, der an der Villa vorbeiführte. Erst nach einigen Metern spurteten die beiden Kater auf ein Zeichen Carusos los und flitzten zum Tatort.

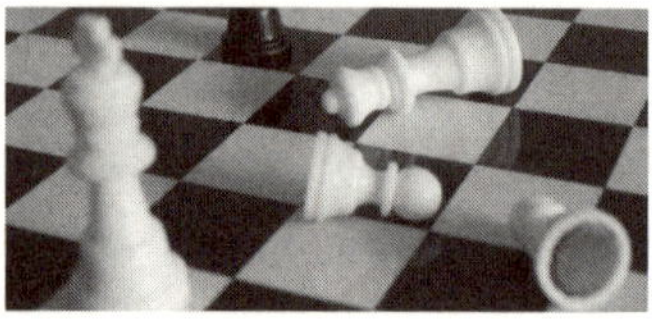

14. Sb1–d2 Lc8–b7
15. Sd2–e4 Dg6–f5

Esmeralda zieht den weißen Springer in Richtung ihres Königs, um ihm Schutz zu bieten. Riccardo versucht seinen zweiten Läufer ins Spiel zu bringen und zieht ihn vor. Nun könnte auch er später quer über das ganze Spielfeld wirken. Der weiße Springer tut einen weiteren Sprung nach vorn. Die schwarze Dame dehnt ihren Wirkungsbereich vorsichtig aus.

9. KAPITEL

Burma verharrte, ohne sich zu bewegen, unter einem dichten Kirschlorbeerbusch. Was sich soeben vor seinen Augen abgespielt hatte, konnte er noch immer nicht glauben.

Eigentlich war er davonmarschiert, um sich zu vergnügen. Katzenweibchen aufreißen – dazu hatte er Lust gehabt. Nachdem er sich aber vor Kurzem unangenehm verletzt hatte, war er zu solchen Abenteuern nicht in der Lage gewesen. Nun ging es ihm durch Signora Stivisos fürsorgliche Pflege aber wieder richtig gut. Er fühlte sich prächtig und war bester Laune. Der burmesische Kater hatte sich sein Fell extra fein geputzt und war mit stolzen Schritten losgegangen. Er hatte den Weg zum Campo San Boldo eingeschlagen. Zunächst war er mit einem eleganten Sprung die Treppenstufen der Brücke hinaufgesprungen, die über den Rio San Giacomo führte. Oben hatte er ein wenig verweilt und die Gondel beobachtet, die darunter hindurchfuhr. Eine Gruppe von Menschen, die seltsam geformte Augen und ein maskenhaftes Lächeln hatten, saßen darin und wirkten begeistert. Zu ihrer Unterhaltung spielte jemand auf einem Akkordeon. Der Gondoliere sah nicht ganz so verzückt aus wie seine Fahrgäste. Er zog die Augenbrauen genervt nach oben, als er einem Kollegen begegnete, der aus der anderen Fahrtrichtung kam und mit einem dunkelhäutigen Liebespaar unterwegs war.

Zunächst hatte Burma die beiden Menschen gar nicht sehen können. Die schwarze Gondel schien von der herbeieilenden Nacht verschlungen zu sein. Doch plötzlich sah er weiße Zähne blitzen, und nun konnte er die Person, die dazu gehörte, erst richtig erkennen. Neben dem schwarzhäutigen Mann bleckte eine dunkle Schönheit die Zähne zu einem Lachen. Dann küsste sich das Paar stürmisch. Burma schüttelte den Kopf.

Die Menschen! Manchmal sind sie wirklich sehr amüsant, und hier in Venedig scheinen sie auch etwas verrückt zu sein. Lassen sich lärmend über das Wasser schippern; lachen, wenn sich ihnen die dämlichen Tauben auf den Kopf setzen; begeistern sich über die hässlichen, heruntergekommenen Gebäude und müssen zu guter Letzt den alten Kram auch noch fotografieren. Ich verstehe sie nicht, und ich werde mich wohl auch nicht so schnell an sie gewöhnen.

Burma überquerte die Brücke und ging dann nachdenklich am Rio San Giacomo entlang. Plötzlich sah er in einiger Entfernung eine schlanke schwarze Katze am Kanal sitzen. Sie drehte ihm den Rücken zu und bemerkte ihn nicht. Vorsichtig schlich Burma an den Mauern und Gärten entlang. Er wollte sie auf keinen Fall erschrecken. Sonst nähme sie sicherlich Reißaus. Gerade war er bei einer Kirschlorbeerhecke angelangt, um sich von hinten an die Schöne heranzumachen, da sprang sie unerwartet davon. Burma fauchte ärgerlich und enttäuscht.

»Welch ein Verlust! Eine solche Gelegenheit bekomme ich heute Nacht so schnell nicht wieder.«

Frustriert blickte er sich um. Dann legte er sich unter die Hecke auf die Lauer.

Vielleicht ist dies ein guter Platz, dachte er, und es kommt ein anderes Schmusekätzchen vorbei.

Der Duft der Hecke war ihm vertraut. Er rieb das Näschen an einem Blatt.

Ach, bei mir zu Hause in England, da habe ich auch einen Garten mit solch einer schönen Hecke. London, ich vermisse dich, du vornehme und elegante Stadt. Du bist genau die richtige Umgebung für einen Katzen-Sir wie mich.

Burma seufzte, streckte den Kopf stolz in die Höhe und ließ seinen Gedanken freien Lauf. Er dachte an einen Ausflug, den er dort mit seinem Herrchen gemacht hatte. Da oben, auf dem hohen Bus, hatte er sitzen dürfen, und das war erste Katzenklasse gewesen.

Ich hatte einen Platz ganz für mich allein und ließ mir den Wind um die Nase pusten. Ein Mann mit einem Mikrofon in der Hand erklärte uns genau, was es an Besonderheiten zu sehen gab.

... *Links sehen Sie jetzt den Buckingham Palace und den schönen St. James's Park. Nun kommen wir gleich an der berühmten Westminster Abbey vorbei. Auf der rechten Seite zeigen sich dann die imposanten Gebäude der Houses of Parliament.*

Dann hatten wir Big Ben erblickt, und schließlich waren wir an die Themse gelangt. Dort schauten wir uns prächtige große Schiffe an. Eines davon hatte riesige Segel ...

Burma wurde jäh aus seinen Gedanken gerissen und zuckte erschrocken zusammen. Völlig unerwartet hatte er ein Geräusch vernommen. Da hatte er doch eine ganze Weile träumend unter dem Busch gehockt. Die letzten Gondeln waren vorübergefahren, und er hatte sie gar nicht bemerkt.

Burma bewegte sich nicht und schaute sich um, so gut er das von seinem Platz aus konnte.

Was war das für ein Geräusch?

Da, jetzt sah er, dass die mollige Brunhilda am Kanal entlangmarschierte. Sie hatte mit ihrer Tatze an einer Kette gespielt, die an einem Pfeiler befestigt war. Das Klackern auf dem Stein hatte Burma gehört. Er entspannte sich ein wenig.

Brunhilda setzte sich auf die Hinterpfoten und miaute mit ihrer feinen, süßen Stimme in die Nacht hinein. Burma spitzte verzückt die Ohren.

Ich steh zwar nicht auf mollige Katzen, dachte er, aber Brunhilda ist nett, und sie singt herzzerreißend schön. Dann werde ich mich eben mit ihr vergnügen.

Burma wollte gerade aus seinem Versteck hervorschlüpfen, als er eine tiefe Katzenstimme singen hörte.

Unerhört! Wer funkt mir denn jetzt dazwischen? Auch Brunhilda schien zunächst überrascht zu sein. Erstaunt blickte sie sich um. Den Schwanz mit den langen Haaren schwenkte sie dabei freudig über die kühlen Steine. Schließlich miaute sie im Duett mit der tiefen Stimme. Still und voller Bewunderung über den sanften Katzengesang verharrte Burma unter dem Busch. Doch dann stieg abermals der Ehrgeiz in ihm auf, diese Katze zu erobern. Er wollte der reizenden Szene gerade ein Ende setzen, da trat aus dem Dunkel der Nacht der Teufel in Menschengestalt hervor und versetzte Brunhilda einen brutalen Tritt.

Die Katze flog durch die Luft und landete unsanft auf den Steinen. Dort blieb sie regungslos liegen. Burma steckte die Schnauze zwischen die Tatzen, um ein entsetztes Fauchen zu unterdrücken. Mit wutverzerrtem Blick starrte er den Mann an, der ihm den Rücken zuwandte.

Plötzlich sprang ein Kater aus dem Gebüsch. Es war Brunhildas Bruder, der maskierte Zorro. Mit aller Kraft zog er dem Mann die Krallen über den Hals. Für den kam dieser Katzenüberfall völlig unerwartet. Er konnte dem Kater nicht ausweichen und fiel mit dem Hinterkopf auf einen der Pfeiler, rutschte ab, knallte auf den Boden und blieb dort liegen, ohne sich zu bewegen. Zorro schlich zu seiner Schwester hinüber und leckte ihr liebevoll über die Wangen. Doch sie zeigte kein Lebenszeichen. Dann waren auf einmal Menschenschritte zu hören. Zorro blickte sich aufgeregt um und sprang davon. Burma merkte, dass sein Körper schmerzte. Die ganze Zeit über hatte er unbewegt dagesessen. Auch jetzt verharrte er still in seinem Versteck.

Eine Person, die in einen dunklen Mantel gehüllt war, ging zu dem Mann hinüber. Dieser hob den Kopf ein wenig, sank aber sogleich kraftlos auf den Boden zurück. Die Gestalt im dunklen Mantel stand nun unmittelbar vor ihm. Mit letzter Anstrengung streckte der Verletzte dem Fremden die zitternde Hand entgegen.

Nun folgte etwas für Burma völlig Unglaubliches.

Die Person im Mantel schob einen Fuß unter den Körper des Verletzten und stieß ihn mit aller Wucht in den Kanal. Der Mann war nicht fähig, sich zu wehren. Mit letzter Kraft hob er den Kopf über die Wasseroberfläche, um Luft zu holen. Doch er verschluckte sich heftig, hustete und spuckte Wasser. Schließlich ertrank er.

Der Täter nickte, als sei er mit seiner Tat höchst zufrieden. Dann wandte er sich ab und ging davon. Im Schein der Laterne konnte Burma einen Blick auf dessen Gesicht erhaschen. Es war ein markanter Mann mit energischem Kinn und einer großen Narbe über einer Augenbraue.

Dann verschwand der Fremde aus Burmas Blickfeld. Der Kater wartete noch einen weiteren Moment ab, doch er hatte nur den einen Wunsch: sich schleunigst davonzumachen.

Wie konnte ein Mensch dem anderen nur so heimtückisch mitspielen? Gewiss gab es auch grausame Kämpfe unter Katern. Aber niemals hätte ein Kater einen wehrlosen Kampfgenossen umgebracht.

Burma war die Lust auf Katzenweibchen völlig vergangen. Er wollte sich gerade erheben, da erschienen völlig unerwartet die Fratelli Neri am Tatort.

Bloß die nicht!, dachte Burma und duckte sich, so tief er konnte.

Mit Massimo wollte er lieber nichts zu tun haben. Der mächtige Kater war nicht gut auf ihn zu sprechen, seit Burma sich vor einiger Zeit an seine Freundin Raffaela herangemacht hatte. Die schöne Katze war zwar eine Kurtisane, dennoch stellte Massimo Besitzansprüche an sie.

Massimo betrachtete den Toten nur kurz. Nunzio setzte sich neben Brunhilda und strich ihr mit der Pfote über den Rücken.

»Nun komm schon, wir müssen hier weg!«, forderte Massimo seinen Cousin auf.

Schließlich eilten die beiden davon. Massimo voran, Nunzio mit gesenktem Kopf hinterher.

Burma blieb noch einen Augenblick lang nachdenklich unter dem Busch sitzen. Es war so viel passiert. Er konnte das alles einfach nicht fassen. Brunhilda lag regungslos am Kanal, ein Toter trieb nur wenige Meter entfernt im Wasser. Und er war Zeuge einer abscheulichen, hinterhältigen Tat geworden.

Che schifo, pfui Teufel! Was soll ich jetzt nur tun? Es muss etwas geschehen. Der Mörder kann doch nicht einfach entwischen. Ob ich meinen Katzenkollegen Bescheid sage? Vielleicht fällt Camilla etwas ein. Nur – wie komme ich da drüben rein? Die schlafen doch bestimmt schon alle.

Burma blickte zu der alten Villa hinüber. Sie war gänzlich von Dunkelheit umhüllt.

Ich darf keine Zeit vertun. Am besten, ich folge dem Mörder. Den erkenne ich sofort wieder. Diese breite Narbe in seinem Gesicht, die sehe ich schon von Weitem.

Burma erhob sich ganz langsam und vorsichtig. Den Fratelli Neri wollte er auf keinen Fall über den Weg laufen. Wenn Massimo ihn zu fassen bekäme, dann würde der ihn sicher arg zurichten. Die wunderschöne Raffaela hatte es Burma noch immer angetan, und er begehrte sie nach wie vor. In letzter Zeit hatte er sie ein paar Mal aus der Entfernung gesehen. Ihre schöne Erscheinung und ihre eleganten Bewegungen wirkten auf Burma einfach betörend. Er seufzte. Aber bevor er dem eifersüchtigen Massimo erzählen könnte, wem er auf der Spur war, würde dieser sicher die Krallen an ihm wetzen, und der Mörder würde derweil entwischen.

Vielleicht sind die Fratelli Neri ja in eine ganz andere

Richtung unterwegs, machte sich Burma Mut. Ich werde mich aufmerksam umschauen.

Der Kater streckte den schlanken, athletischen Körper. Burma hatte das Gefühl, als schmerze jeder Muskel. Aber damit durfte er sich nicht aufhalten.

Bloß nicht zimperlich sein!, ermahnte er sich. Die ersten Schritte taten weh, aber dann kam der schokobraune Kater langsam in Bewegung. Er schlich zunächst zu Brunhilda hinüber. Täuschte er sich, oder hob und senkte sich ihre Brust ganz leicht? Gern hätte er sich um sie gekümmert, aber er musste dem Verbrecher hinterher.

Die Kühle der Nacht und die Kälte des Wassers, die am Kanalbecken unsichtbar um sich griffen, machten ihn schnell wieder fit. Burma hielt sich dicht im Schatten der Mauern, um nicht gesehen zu werden. Mit großen Sätzen sprang er zur nächsten Wegbiegung und blickte sich dort nach beiden Seiten genauestens um. Laternenlicht beschien den schmalen Weg, der am Kanal entlangführte.

Burma zuckte zusammen. Er hörte die Schritte eines Menschen. Seine Augen wurden zu schmalen Schlitzen. Einige Meter vor ihm entdeckte er eine Gestalt. Es war ein Mann, der einen Mantel trug.

Ob er der Mörder ist?

Burma schaute noch einmal in die andere Richtung. Aber da war niemand. Also entschied er sich, dem Mann zu folgen. Fast hatte er ihn mit einigen Sprüngen erreicht, da bog dieser um die Ecke. Im Schein der Laterne erkannte er an der hässlichen Narbe sofort sein Gesicht.

Dio mio, er ist es tatsächlich!

Ohne Zögern ging der Mann auf den Vordereingang des Hotels zu, an dessen Rückseite Burma unter der Hecke gesessen hatte. Er öffnete eine quietschende Eisentür und verschwand. Burmas Nackenhaare stellten sich auf. Ein kalter Schauer lief ihm über den Rücken, doch er eilte mutig hinterher. Als er das Tor erreicht hatte, blickte er sich vorsichtig nach allen Seiten um und entdeckte ein großes Plakat, das am Tor befestigt war. Darauf war ein Schachbrett abgebildet.

Sonderbar, dachte er. Ein elegant gekleideter Verbrecher, der womöglich Schach spielt?

Burma kannte das Spiel recht gut, denn Signora Stiviso hatte eines auf der Anrichte stehen. Von Zeit zu Zeit blieb sie an dem Holzbrett mit den wunderschönen Figuren stehen und schob diese hin und her. Er fragte sich jedes Mal, ob sie das ganz bewusst tat oder ob irgendetwas Besonderes dahintersteckte. Eine Art Magie vielleicht.

Sciocchezze, Unsinn, dachte Burma jetzt. Beim Schach gibt es bestimmt feste Regeln, genau wie beim Backgammon. Er seufzte und musste an sein Herrchen denken, dem er in England oft bei diesem Spiel zugesehen hatte.

Das Spiel der Könige schien schwierig zu sein, denn während die Signora vor ihrer Anrichte stand und das karierte Feld betrachtete, legte sie die Stirn in tiefe Falten.

Burma lugte neugierig durch das große grüne Eisentor. Es stand einen Spaltbreit offen.

Ein schmaler Kieselweg führte auf eine Glastür zu. Rechts und links des Weges standen große Blumenkübel, in denen weiße Hortensien wuchsen. An der rechten Seite zog sich eine hohe Mauer entlang, an der sich Efeu freudig emporrankte. Zur Linken erstreckte sich eine Rasenfläche mit einer Akazie. Der Eingangsbereich sah höchst einladend aus.

Die Schritte des Mannes knirschten auf dem Weg, dann verschwand er durch die Glastür im Hotel. Burma blieb für einen Moment am Tor sitzen. Dann sah er, wie in einem der oberen Zimmer plötzlich das Licht anging. Eine Männergestalt erschien am Fenster und schloss die Vorhänge.

Da saß Burma nun und fühlte sich hin und her gerissen. Einerseits wollte er, dass man den fiesen Typen da oben festnahm, diesen elenden Verbrecher. Auf der anderen Seite fühlte er sich aber auch so hilflos und so allein. Wie sollte er als ausländischer Kater gegen den Kerl etwas ausrichten? Außer ihm wusste doch niemand, was sich wirklich zugetragen hatte. Ja, wenn er Caruso gewesen wäre, der mutige Meisterdetektiv, dann hätte er jetzt nicht so müde hier herumgesessen und sich die Pfoten geleckt. Burma gähnte ausgiebig und streckte sich.

So schnell büxt der da oben nicht aus, versuchte er sich zu beruhigen. Ich schau mir erst einmal ein ruhiges Plätzchen aus und kümmere mich dann um alles Weitere. Vielleicht begegne ich dabei auch Caruso. Sir Burma gähnte nochmals. Dann warf er einen Blick zum Fenster des Mörders hinauf und verschwand in der Dunkelheit.

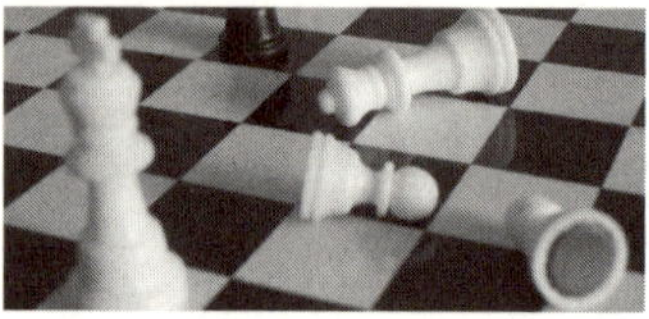

16. Lc4xd3 Df5–h5

Esmeralda lässt sich nicht verunsichern. Den verlassenen schwarzen Bauern kassiert sie mit ihrem Läufer, der nunmehr angriffslustig die Dame Riccardos ins Visier nimmt. Mit böser Miene erkennt Riccardo die Gefahr und tritt mit seiner Dame zwei Felder zur Seite.

10. KAPITEL

Raffaela lag dicht an Zorro geschmiegt unter dem Schmetterlingsbusch. Sie hatte die Augen geöffnet und beobachtete ihn. Sein Atem ging ruhig, doch immer wieder stieß er im Schlaf schwere Seufzer aus. Sein Gesicht wirkte angespannt.

Raffaela hätte jedes seiner Härchen zählen können. In den Ohren waren sie etwas länger und buschiger. Um die spitze Nase herum waren sie weiß und umrahmten sie wie ein Bärtchen. Die Schnurrbarthaare waren ebenfalls hell, nur zwei dunkle Haare auf jeder Seite tanzten gleichsam aus der Reihe. Die tiefschwarze Maske um seine Augen gefiel Raffaela ganz besonders. Sie verlieh ihm einen markanten, einzigartigen Ausdruck. Die weiße Katze hob den Kopf und stieß den Kater an.

Genug geschlafen, schöner Mann!, dachte sie dabei. Da öffnete Zorro die Augen und blickte sie ernst an. Noch immer wirkte er kraftlos und verstört. Für einen kurzen Moment versuchte er einen freundlichen Blick aufzusetzen, doch dann verfinsterte sich seine Miene sofort wieder.

»Zorro«, sprach ihn Raffaela an, »was ist los mit dir? Kann ich dich ein bisschen aufmuntern?«

Die Katzenkurtisane schnurrte zärtlich und rieb das Näschen an seinem Hals. Zorro seufzte tief.

»Lass gut sein, mir ist nicht nach Schmusen zumute.« Der maskierte Kater seufzte erneut und erzählte Raffaela mit schwacher Stimme, wie grausam seine Schwester Brunhilda überfallen worden war. Als er geendet hatte, entfuhr seiner Kehle ein herzzerreißender Schluchzer.

»Sie lag regungslos da, und ich konnte ihr nicht mehr helfen.«

Mitfühlend rieb Raffaela den Kopf an seiner Stirn.

»Na, ihr beiden Turteltäubchen, lasst euch nur nicht stören!«, hörten sie plötzlich Massimos tiefe Stimme.

Erschrocken sprang Raffaela auf und stieß sich den Kopf an einem der herabhängenden Äste.

»Accidenti, verflixt!«, schimpfte sie und schüttelte sich. Dann kroch sie unter dem Busch hervor. Zorro blieb unbewegt liegen. Allerdings hatte er jeden Muskel angespannt, um davonspringen zu können, falls es ungemütlich würde. Von unvermittelten Überfällen hatte er erst einmal genug. Massimo stand in der Mitte des kleinen Platzes und funkelte Raffaela und Zorro zornig an. Nunzio ließ sich neben einer Engelsstatue nieder. Mit ernster Miene schaute er zu den beiden Katzen hinüber. Raffaela schlich schnurrend um Massimo herum.

»Es ist nicht so, wie es aussieht«, versuchte sie ihn zu beruhigen. »Zorro hat mir von einem furchtbaren Erlebnis berichtet.«

»Ach, und da musst du dein Gesicht zärtlich an seinem Hals reiben.«

»Ich wollte ihn nur trösten.«

»Ah, davvero, ach so, ich verstehe«, knurrte Massimo sarkastisch.

»Und was sagst du dazu?« Massimo fauchte Zorro wütend an.

Der maskierte Kater schlich unter der Hecke hervor und sprang auf die Mauer, die den kleinen Hof an einer Seite begrenzte. Massimo tat es ihm gleich. Nun standen sich die beiden Kater Auge in Auge gegenüber. Massimo wirkte kräftiger als Zorro. Aber der maskierte Kater ließ sich von dem Rivalen nicht einschüchtern.

»Raffaela sagt die Wahrheit. Ich war nicht zum Vergnügen hier, doch das geht dich nichts an.«

Massimo ging auf Zorro zu, woraufhin dieser sofort einen Schritt zurückwich.

Der große schwarze Kater fauchte unwirsch.

»Wag es nicht, dich mit mir anzulegen. Wir sollen dich zu Caruso bringen. Du hast einen Menschen ermordet. Das spricht gegen die Ehre der Katzen.«

»Was mischst du dich da ein?«, zischte Zorro böse. »Hast du nichts Besseres zu tun? Es war ein Unfall. Ich wollte meine Schwester beschützen.«

»Das mit Brunhilda tut mir leid«, sagte Massimo nun mit versöhnlicherer Stimme. Da wurde er jäh von Nunzio unterbrochen, der lauthals klagend zu miauen anhob.

Massimo wurde wieder streng und beherrscht.

»Das kannst du alles Caruso erzählen. Er will außerdem den genauen Tathergang von dir erfahren. Du kommst jetzt mit uns.«

Der große schwarze Kater ging einige Schritte auf Zorro zu, doch dieser wich erneut ebenso viele Schritte zurück. So verfolgte Massimo den maskierten Kater auf der Mauer entlang. Sie führte zum nächsten Hausdach, zwischen dessen Ziegeln reichlich Unkraut wucherte.

»Warum sollte ich mitkommen? Der Kerl hat meine Schwester umgebracht.«

»Du bist doch keinen Deut besser als der«, ereiferte sich Massimo.

»Da irrst du dich«, hörten sie plötzlich eine Katzenstimme sagen.

Nunzio zuckte entsetzt zusammen und hörte sofort auf zu klagen. Massimo und Zorro schauten ebenfalls erstaunt von der Mauer hinunter. Es war weder Nunzios Stimme noch die von Raffaela.

Der schwarze Fratello duckte sich auf die kühlen Steine, um auch in die schattigen Ecken des Hofes blicken zu können. Doch er entdeckte niemanden. Plötzlich lugte Sir Burma hinter einem Blumenkübel hervor. Der burmesische Kater hatte einige Zeit mit sich gerungen, ob er sein Versteck verlassen sollte, um Massimo die

Wahrheit zu erzählen. Allen Mut hatte er zusammengenommen.

Der schwarze Kater spannte augenblicklich die Muskeln an und schimpfte ärgerlich los: »Maledizione, verdammt, was tust du hier? Mit dir hab ich noch eine Rechnung offen. Halt dich bloß aus dieser Sache heraus, oder ich zerkratze dir deine hübsche Visage.«

Massimo machte einen Buckel und fauchte wütend zu Burma hinunter. Seine Nackenhaare stellten sich in Kampfbereitschaft auf. Er war kaum noch auf der Mauer zu halten und wetzte die Krallen an den Steinen.

Aber Burma ließ sich nicht einschüchtern, obwohl ihm die Knie vor Aufregung zitterten. »Jetzt mal ganz in Ruhe, Massimo! Zorro ist kein Mörder.«

Er nickte dem maskierten Kater freundlich zu, mit dem er sich erst vor Kurzem in der Villa von Signora Stiviso angenehm unterhalten hatte.

»Woher willst du das wissen, he?«, fuhr ihn Massimo aufgebracht an.

»Ich habe zufällig unter einer Hecke gelegen und die schreckliche Tat beobachtet.«

Zorro entfuhr ein Seufzer der Erleichterung. Burma rieb sich über die Nase. »Deine Stimme ist übrigens gar nicht so schlecht.«

Massimo setzte eine solch verdatterte Miene auf, dass Burma sogleich seine ganze Anspannung verlor und mutig auf die Mitte des Platzes zuschritt. Dort setzte er sich ruhig neben einen Brunnen. Oben auf der Abdeckung befand sich eine mit Efeu bewachsene Schale. Die längsten Triebe wuchsen bis auf die Steine herab. Der Platz war nicht ganz eben, sodass der Brunnen in einer leichten Vertiefung stand.

Um den Hof herum führte ein kleiner Arkadengang. Unter ihm ging an der einen Seite ein Kellerzugang hinunter. Auf der anderen Seite stand eine Tür offen, und ein steiler Treppenaufgang führte zu einer Wohnung hinauf.

Massimo setzte sich auf die Mauer, doch er behielt Zorro dabei gut im Blick. Der maskierte Kater hatte sich auf dem Dach niedergelassen. Auch er schaute erstaunt und fragend zu Burma hinab.

»Was solltest du denn schon gesehen haben? Wir hätten dich bestimmt bemerkt«, schimpfte Massimo aufgebracht.

»Es hat mich tatsächlich keiner gesehen, denn ich lag in einem erstklassigen Versteck. Dennoch konnte ich alles beobachten«, erklärte Burma eifrig und übertrieben freundlich.

»Quatsch nicht so viel. Erzähl, was du weißt!«

Burma fand es herrlich, Massimo so außer sich zu sehen. Er genoss die Situation und wusste genau, dass der Fratello nicht über ihn herfallen würde. Obwohl es ihm höchstwahrscheinlich mächtig in den Krallen kribbelte.

Da Massimo vermutlich aber wissen wollte, was sich zugetragen hatte, nachdem er und Nunzio sich davongemacht hatten, musste er sich beherrschen. Es fiel ihm sichtlich schwer, denn er fauchte erneut zu Burma hinunter, der sich unverschämterweise ausführlichst die Pfoten säuberte, statt den Tathergang zu schildern.

»Jetzt erzähl schon!«, grummelte der schwarze Kater noch einmal.

»Nicht so eilig! Ich habe da irgendetwas in der einen Pfote stecken.«

»Verarsch mich nicht!«

»Na hör mal, niemals täte ich das«, miaute Burma in einem Ton, der Massimo zur Weißglut brachte.

Der schwarze Kater stieß einen Schwall von Schimpfwörtern aus.

»Al diavolo, bestiaccia, idiota, ladro sfigato!«

Burma genoss Massimos Zornausbruch und führte sein Spielchen weiter, um den sonst so überlegenen, überheblichen Kater zum Äußersten zu treiben.

»Tut mir leid, Fratello, wenn ich dich so aufrege«, säuselte er fürsorglich und mit größter Liebenswürdigkeit. »Vielleicht sollte ich doch erst mit Caruso darüber sprechen.«

»Du Satanskater, du erzählst jetzt, was los ist, sonst, sonst ...«

»Na, was sonst?«, fragte Burma frech, stellte sich auf alle viere und blickte Massimo herausfordernd entgegen. Jetzt stand Nunzio langsam auf und schlenderte zu Burma hinüber.

»Schon gut, Kater, ich glaube, Massimo hat deine Lektion kapiert.«

Dann wandte er sich an seinen Cousin. »Halt dich zurück! Die Sache ist ernst genug. Außerdem gehst du mir mit deinem Gezeter auf die Nerven.«

Massimos Gesicht nahm einen sonderbaren Ausdruck an. Schon lange hatte ihn Nunzio nicht mehr so deutlich zurechtgewiesen. Er setzte sich auf die Hinterpfoten.

»Na, dann versuch doch du, etwas aus dem Schnösel herauszubekommen!«

Nunzio trat zu Burma und redete mit gedämpfter Stimme auf ihn ein.

»Was hat sich zugetragen, nachdem wir vom Tatort davongeeilt sind? Hast du gesehen, zu wem die Schritte gehörten? Hat diese Person den Mann in den Kanal gestoßen?« Er schaute Burma eindringlich an, und sein Gesicht nahm einen hoffnungsvollen Ausdruck an.

»Brunhilda – hat sie sich noch bewegt?« Er unterdrückte ein Schluchzen. »Was ist passiert?«

Burma nickte Nunzio freundlich zu.

»Setz dich. Und ihr da oben kommt her, damit ich nicht so laut erzählen muss.«

Zorro war mit einem großen Sprung sofort an Burmas Seite. Massimo zögerte. Als er aber sah, wie sich Nunzios Miene verfinsterte, sprang er widerwillig von der Mauer hinunter und gesellte sich zu den anderen. Er war eine außergewöhnliche Erscheinung, das musste auch Burma zugeben.

Schließlich saßen die drei um den burmesischen Kater herum und lauschten seinem Bericht. Raffaela hatte sich wieder unter den Schmetterlingsbusch gelegt. Sollten Zorro und die anderen doch machen, was sie wollten. Außerdem hatte sie nicht die geringste Lust, mit Massimo Ärger zu bekommen.

Nachdem Burma alle Einzelheiten berichtet hatte, schüttelte Nunzio den Kopf.

»Ich fasse es nicht«, seufzte er.

Massimo fluchte ungewöhnlich leise vor sich hin.

»Und Brunhilda?«, fragte Zorro zaghaft. »Was ist mit ihr?«

»Vorsichtig schlich ich noch einmal kurz zu ihr hinüber und betrachtete sie. Ich glaube, sie atmete noch. Aber das kann ich nicht mit Bestimmtheit sagen.«

Nunzio sprang aufregt um den Brunnen herum.

»Sie lebt, sie lebt, ich will zu ihr! Massimo, wir müssen zum Tatort. Sonst bringt man sie versehentlich weg, weil jemand glauben könnte, dass sie tot ist.«

Vor Freude und ängstlicher Anspannung rannte Nunzio aufgeregt hin und her.

»Moment, Cousin! Wir wollten uns mit Caruso am Campo San Giacomo treffen. Dort sollen wir mit Zorro erscheinen.«

»Stimmt«, meinte Nunzio. »Aber der Campo liegt auf dem Weg dorthin. Wir können uns doch trennen, und ich schleiche zum Tatort.«

Massimo war nach kurzem Zögern einverstanden.

»Bene, so machen wir es.«

»Ich komme mit euch«, willigte Zorro ein. Massimo nickte zufrieden.

»Der Platz liegt in der Nähe vom Campo Sant'Agostin. Da wohnt Signora Stiviso, bei der ich zu Hause bin. Lasst uns dort kurz vorbeischauen. Ich bin völlig fertig, und sie hat bestimmt etwas Feines für uns zu essen. Übrigens geschah der Mord hinter ihrem Haus, auf der gegenüberliegenden Seite des Kanals.«

Massimo sah Zorro erstaunt an.

»Na, dann können wir ja dort eine Pause einlegen.« Der schwarze Kater hatte einen Teller mit zarten Sardinen vor Augen und leckte sich versonnen über die Schnauze.

»Geht nur«, meinte Burma und gähnte. »Ich bin ziemlich müde nach der aufregenden Nacht und muss mich erst ein bisschen ausruhen, bevor ich weiterkann.«

Der schokobraune Kater hatte Raffaela gut im Blick und zwinkerte ihr zu, natürlich so, dass Massimo nichts davon bemerkte.

Der schwarze Fratello runzelte skeptisch die Stirn. Er musste mit den beiden Katern los, da gab es keine andere Wahl.

Langsam schlich Massimo zu der schönen Katzenkurtisane hinüber. Er wollte sich nicht im Streit von ihr trennen. Also ging er über ihre Schmuserei mit Zorro hinweg.

»Ciao, bella«, flüsterte er seiner geliebten Raffaela ins Öhrchen und rieb die Nase zärtlich an ihrer Stirn. Dann stolzierte er zu Nunzio und Zorro zurück und sprang mit ihnen davon.

17. Se4–f6+ g7xf6

Esmeralda macht einen prächtigen Vorstoß mit ihrem Springer und bietet dem König Schach. Gleichzeitig bedroht er die schwarze Dame.

Riccardo ist über Esmeraldas Mut und Anmaßung erstaunt. Doch räumt er dann mit seinem Bauern den Springer nur müde lächelnd beiseite.

11. KAPITEL

Castello stand in der Empfangshalle vom Hotel *Pettirosso*, das mit Schachspielern aus aller Herren Länder ausgebucht war. Er wartete auf den nächsten Gast, den er befragen wollte. Mit einer Reihe von Leuten hatte er schon gesprochen. Bis auf einen Piemonteser und einige Venezianer, die eine Gästekarte besaßen, kamen alle aus dem Ausland. Eine heiße Spur und einen Verdächtigen hatte Ispettore Castello jedoch noch nicht. Die Schachspieler kannten sich alle untereinander. Der Ermordete galt als Favorit, und sicher hatte jeder Teilnehmer des Wettbewerbs ein Interesse daran, dass er nicht weiter mitspielte.

Aber deswegen bringt man doch niemanden um, dachte Castello, während er auf den nächsten Schachspieler wartete, den er nach seinem Alibi fragen wollte.

Einige Gäste waren außer Haus. Wahrscheinlich schauten sie sich Venedig an. Castello hatte sich vorgenommen, später mit ihnen zu sprechen.

Nachdem die Signora die Katze vom Tatort fortgetragen hatte, waren nur wenige Minuten vergangen. Dann war auch der Tote mit einer Gondel, die Castello angefordert hatte, abtransportiert und zur Rechtsmedizin gebracht worden.

Castellos Kollegen hatten ihn auf eine Bahre gelegt, mit einem Tuch bedeckt und vorsichtig zur Gondel hinübergetragen. Der Gondoliere hatte reichlich entsetzt dreingeschaut. Er war vertretungsweise für seinen kranken Neffen eingesprungen.

»Eigentlich mache ich solche Fahrten nicht. Aber Sie wissen ja, la famiglia, da hilft man sich natürlich. Ich schippere für gewöhnlich Touristen durch Venedigs Kanäle.« Die schwarze Gondel war einfach und schlicht. Sie wurde ausschließlich für diese Zwecke und für Beerdigungen verwendet. Die plüschigen roten Sitze und die üppigen goldenen Verzierungen fehlten gänzlich.

Castello nickte ihm freundlich zu, in Gedanken aber war er schon wieder anderswo.

Ob meine Vermutung über die Todesursache zutrifft? Nun ja, ich rufe später Signorina Annabella Oso von der Pathologie an.

Ein langbeiniger Mann mittleren Alters trat auf Castello zu.

»Buon giorno, bitte setzen Sie sich«, forderte der Ispettore den Signore auf, nachdem er ihn mit Handschlag begrüßt hatte.

»Wie heißen Sie? Und aus welchem Land kommen Sie?«

Er hatte sein braunes Büchlein und den dicken schwarzen Kugelschreiber in der Hand und machte sich Notizen zu jedem Befragten.

»Walther, io sono tedesco«, sagte der Mann in leicht holprigem Italienisch.

Castello nickte erfreut.

»Wir können uns gern in Ihrer Sprache unterhalten.« Castello hatte gute Erfahrungen mit den Deutschen gemacht. Sein Onkel war vor vielen Jahren mit seiner Familie in Germania ansässig geworden. Er hatte ihn von Kindheit an regelmäßig in den Ferien besucht. Deshalb beherrschte er die Sprache fließend.

Der Ispettore wollte den Herrn gerade fragen, in welcher Stadt er zu Hause sei, da schweifte sein Blick zufällig zum Hotelgarten hinüber. Dort schlich eine Katze herum. Ein Lächeln huschte über Castellos Gesicht.

Wenn das nicht der schlaue Freund meiner Camilla ist …

»Entschuldigen Sie mich bitte für einen Moment, Signor Walther«, sagte Castello und eilte zum Garten hinüber.

Der alte Herr hatte die Villa von Esmeralda Stiviso genau im Blick. Nachdem Caruso und Stracciatella verschwunden waren, hatte sich dort drüben nichts Auffälliges ereignet. Camilla saß noch immer auf der obersten Stufe der Treppe und putzte sich hingebungsvoll das Fell. Mit einem Auge aber war sie die ganze Zeit über bei dem alten Signore.

Wie kann ein Mensch nur so lange bewegungslos an einer Stelle stehen? Unangenehmer Typ. Was führt der nur im Schilde?

Rosanna und Renaldo saßen in geduckter Haltung neben einem Hortensienkübel, der am Rand des Rasens stand, und beobachteten den Mann von dort aus. Plötzlich sahen die beiden Katzen, dass zwischen zwei kleineren Blumentöpfen vergnügt eine fette Maus herumlief. Am liebsten wäre Renaldo sofort aufgesprungen und ihr hinterhergejagt. Doch er observierte nun einmal den Mann und musste sich daher zusammenreißen und in seinem Versteck bleiben.

»Calmati, Renaldo«, versuchte Rosanna ihn leise zu beruhigen.

Sie blickte den Kater aus Carusos Gang von der Seite an und betrachtete ihn genauer.

Renaldo war ein großer, schlanker Katzensignore. Sein Fell war hellbraun und hatte dunkle Streifen auf dem Rücken und an den Beinen. Sein Kopf mit der langgezogenen Nase wirkte schlank und kühn.

Ein wirklich prächtiges Katzenmannsbild sitzt da neben mir, dachte sie und schnurrte verschmitzt. Renaldo beobachtete die Maus ganz genau. Doch plötzlich verschwand sie.

»Wo steckt das kleine Luder?«, maunzte er aufgebracht. »Ich drehe ihr den Hals um, wenn sie in meine Nähe kommt.« Es verging ein Augenblick, doch die Maus blieb verschwunden. Renaldo entspannte sich allmählich und legte sich mit finsterer Miene auf den Rasen. Die Gräser und Blumen waren so hoch gewachsen, dass der Kater aus einiger Entfernung nicht mehr zu sehen war. Er hingegen konnte bestens durch die Halme hindurchspähen, und er hatte den Signore nun wieder im Visier.

Plötzlich zeigte dieser eine Regung. Er blickte sich um, ohne den Kopf zu drehen. Es wirkte so, als suche er jeden Fleck ab, der sich in seinem Sichtkreis befand. Dabei blieb sein Körper unbewegt. Dann wandte er sich um und stand für einen Moment still da.

Der Platz schien ein Geheimtipp zu sein. Es blieb ruhig, was die Katzen jedoch sehr bedauerten.

Nach einigen Augenblicken drehte sich der Mann erneut zur Villa um. Sein Blick wirkte nun skeptisch. Nachdenklich fuhr er sich mit der Hand durch das Haar und ging langsam auf das Haus zu.

Camilla spürte, dass in den nächsten Minuten etwas passieren würde.

Caruso, beeil dich!, dachte sie.

Sie schaute zu Rosanna und Renaldo hinüber.

Seid auf der Hut!, sagte ihr Blick.

Die beiden Katzen schlichen von ihrem Platz aus unter einen Haselnussstrauch, weil sie den näher kommenden Signore von dort aus noch besser beobachten konnten.

Was hat der Kerl nur vor?, ging es Camilla durch den Kopf.

Der Mann öffnete das Tor. Es quietschte leise. Er schaute sich noch einmal nach allen Seiten um und betrat dann den Garten.

Die graue Katze wich nicht von ihrem Platz. Als er auf die Treppe zuging, fauchte sie böse.

»Wag es nicht, der Signora wehzutun! Caruso und Ispettore Castello sind bestimmt schon auf dem Weg hierher. Hau ab, du grimmiger Fischkopf!«

Camilla fuhr die Krallen aus. Jeden Muskel ihres Körpers hatte sie angespannt. Die Nackenhaare hatten sich aufgestellt, und sie funkelte den Mann mit ihren dunkel umrandeten Augen an. Doch der Signore ließ sich von der Katze in keiner Weise beeindrucken.

»Geh mir aus dem Weg!«, knurrte er nur und blieb plötzlich auf der ersten Treppenstufe stehen. Camilla schaute ihm geradewegs ins Gesicht. Es war von tiefen Falten gezeichnet, die sich jetzt seltsam vertieften. Dann krümmte sich der Mann zusammen und gab einen höllischen Nieser von sich. Camilla durchzuckte es vor Schreck. Rasch sprang sie zu Rosanna und Renaldo unter den Haselnussbusch.

»Verdammt noch mal!«, schimpfte sie und blickte wieder zu dem Signore hinüber.

Er hielt sich die Hand an die Schläfe und jammerte vor sich hin: »Vermaledeite Katzen! Was müssen ausgerechnet diese Viecher hier in Scharen herumlaufen?«

Inzwischen wirkte der Mann auf die drei Katzen alles andere als zum Fürchten. Der Nieser schien ihn stark mitgenommen zu haben.

Für einen Moment blieb er mit gesenktem Kopf auf der Treppe stehen. Dann zog er ein Taschentuch aus der Jacke und putzte sich geräuschvoll die Nase. Während er es zurücksteckte, blickte er noch einmal zu dem Platz hinüber. Aber dort war es noch immer still. Nur ein warmer Wind rüttelte sachte an der Wäsche auf der Leine und an den Blättern der duftenden Pflanzen.

Dann stieg er die Stufen zur Villa hinauf und öffnete vorsichtig die angelehnte Haustür. Camilla sprang sofort auf, um ihm zu folgen.

»Ihr wartet draußen!«, befahl sie Rosanna und Renaldo. »Wenn Caruso kommt, sagt ihm Bescheid, dass der Signore in der Villa ist. Und macht Ispettore Castello irgendwie darauf aufmerksam, dass er in die Villa kommen soll. Von uns Katzen sind ganz viele im Haus. Wir können Signora Stiviso bestimmt helfen, falls ihr der Kerl etwas antun will.

Außerdem ist der dort drinnen sowieso verloren, denn er scheint allergisch auf uns zu reagieren.«

In diesem Moment hörten die drei den nächsten Nieser. Und dann einen weiteren.

»Ich muss hinterher!«, rief Camilla, eilte vorsichtig die Treppe hinauf und verschwand in der Villa.

18. e5xf6 Th8–g8

Esmeralda lässt sich nichts anmerken und schlägt den schwarzen Bauern.

Mit dem weißen Springer im Besitz fühlt sich Riccardo stark. Er bringt seinen schwarzen Turm ins Spiel, der nun frech auf den weißen König zielt.

12. KAPITEL

Die Fratelli Neri und Zorro waren auf dem Weg zum vereinbarten Treffpunkt, um mit Caruso zu sprechen. Bevor Massimo den Garten verließ, drehte er sich noch einmal zu Raffaela und Burma um. Der englische Kater war wieder auf die Mauer gesprungen und hatte sich der Länge nach darauf niedergelassen. Massimo hatte den Eindruck, dass dieser nicht so bald über Raffaela herfallen würde. Burma wirkte müde und schläfrig.

Auch Raffaela zeigte kein Interesse an dem burmesischen Kater und war unter den Schmetterlingsbusch zurückgekrochen. Mit einer Kopfbewegung forderte sie Massimo auf, schleunigst zu gehen und seinen Auftrag auszuführen. Beruhigt folgte Massimo seinem Cousin und Zorro. Den ersten Teil des Weges legten sie in großen Sprüngen zurück. Vorbei an alten Häuserreihen, über steinerne Brücken zu einem großen Platz, den sie dicht an den Hausmauern entlang überquerten, um auf der anderen Seite in einen schmalen Weg hineinzuschlüpfen. Dort gingen sie langsamer, denn hier war es schattig, und sie wollten keinem unangenehmen Katzenkollegen begegnen. Für Auseinandersetzungen hatten sie jetzt keine Zeit. Es gab nämlich einige Kater, die besonders Massimo geradezu verabscheuten und ihn sicher gern aus einem dunklen Hinterhalt hervor überfallen hätten.

Massimo war frech, arrogant und rücksichtslos zu seinen Artgenossen. Er freute sich über jede Gelegenheit, ein Kämpfchen auszutragen. Natürlich ging er dabei stets als Sieger hervor, denn er war groß und kräftig. Die anderen zogen mit schlimmen Verletzungen davon. Und so wichen dem Fratello einige Kater sofort aus, wenn sie ihm begegneten.

Dass die Katzen fremder Gangs seiner Frechheiten und anmaßenden Art überdrüssig waren und ihn eventuell zu mehreren in die Mangel nehmen könnten, das machte ihn nicht besonnener.

Nunzio hingegen hielt sich stets im Hintergrund. Der Kampf mit den Ratten, die ihn entmannt und böse verletzt hatten, reichte ihm für sein ganzes Katerleben. Er fürchtete sich jedes Mal, wenn sein Cousin sich prügelte. Über Nunzios Warnungen machte sich der große schwarze Kater allerdings nur lustig.

In diesem Teil Venedigs kannte Massimo die Katzengangs nicht sonderlich gut. Einerseits reizte ihn das, aber in diesem besonderen Fall dachte er an seinen Auftrag und versuchte auf seinen Instinkt zu hören.

Mach langsam, Junge! Hinter der nächsten Ecke könnten ein paar freche Burschen lauern. Und da hatte er auch plötzlich so einen fremden Katzengeruch in der Nase.

»Bleibt stehen!«, befahl er. Die drei Kater waren der dunklen Gasse fast bis zum Ende gefolgt. Das letzte Wegstück konnten sie nicht einsehen, denn es führte um eine Ecke herum zur nächsten Straße, die dann zum verabredeten Treffpunkt mit Caruso führen würde.

»Da hält sich ein Kater versteckt. Maledetto, ich habe keine Lust, mich von so einem Mistvieh aufhalten zu lassen. Dem werde ich's zeigen!«

Der schwarze Fratello setzte sich mit ausgefahrenen Krallen und einem mächtigen Buckel in Positur, um bei passender Gelegenheit loszuspringen.

»Halt, Massimo, es könnten mehrere sein!«, flüsterte ihm Nunzio zu, der sich dicht an die Wand gepresst hatte, um nicht sofort entdeckt zu werden.

»Zitto, lass mich nur machen!«

»Und wenn es Caruso ist, der dort hockt? Der wird dich in der Luft zerfetzen.«

Massimo lockerte seinen Körper und warf Nunzio einen finsteren Blick zu.

»Va bene, Cousin. Aber was versteckst du dich da schon wieder, du Miezenkater? Wir sind die gefürchteten Fratelli Neri. Uns kann keiner was anhaben. Capito?«

»Sì«, nickte Nunzio.

Er musste daran denken, dass vor vielen Jahren schon einmal zwei schwarze Brüder Venedig beherrscht hatten. Allerdings nicht mit ihrer Kampfkraft, sondern mit der betörenden Stärke ihres Gesangs. Sie hatten auch nicht Fratelli geheißen, sondern Farinelli.

Einer von Nunzios Vorfahren hatte die beiden exaltierten Sänger mit ihren unmännlichen, extrem hohen Stimmen in San Marco singen hören. Sie hatten eine außergewöhnliche Ausdruckskraft und Aura um sich verbreitet.

Die Menschen hatten sich von ihnen rühren und begeistern lassen. Aber gleichzeitig waren die beiden Farinelli auch undurchschaubar und unberechenbar in ihrem Auftreten gewesen, sodass sich die Leute vor ihnen gefürchtet hatten.

Ebenso war es bei den beiden Katern. Mit dem Unterschied, dass Massimo die Furcht der anderen genoss und Nunzio darunter litt. Außerdem hatte nur er, Nunzio, diese grässliche hohe Stimme. Massimo war mit einem warmen Bariton gesegnet, der auch Brunhildas Herz zum Schmelzen gebracht hatte.

Bei dem Gedanken an die geliebte Katze entfuhr Nunzio ein herzzerreißender Laut.

»Reiß dich zusammen!«, fuhr ihn Massimo gereizt an.

Sie blieben still sitzen, da bog Stracciatella um die Ecke. Massimo zögerte keinen Moment und sprang auf den gesprenkelten Kater los. Er warf ihn auf den Rücken und stellte ihm die Beine auf die Vorderpfoten.

»Na, wen haben wir denn da?«, fragte er höhnisch und fletschte die Zähne.

Stracciatella war genau jener Strecke gefolgt, die Caruso ihm beschrieben hatte. Als er die Fratelli Neri nirgends hatte entdecken können, war er in eine der nächsten Straßen eingebogen. Stracciatella ging aufmerksam weiter, bis er zur Ecke der folgenden Gasse kam. Sie blickte ihm Furcht einflößend entgegen, und der gesprenkelte Kater zögerte, seinen Weg in diese Richtung zu lenken. Er hockte sich auf die Hinterpfoten und lauschte. Bunte Wäsche wehte über ihm sachte hin und her. Ein Schmetterling umflatterte einen Blumentopf. Ansonsten bemerkte er nichts sonderlich Auffälliges.

Stracciatella dachte an Carusos Auftrag und an die alte Signora. Er nahm seinen ganzen Mut zusammen, erhob sich und schritt langsam in die Gasse hinein. Plötzlich sprang etwas Riesiges, Schwarzes auf ihn los, und er konnte nicht mehr ausweichen.

Nun lag er da mit wild pochendem Herzen, über sich das gefletschte Gebiss eines schwarzen Monsterkaters. Massimo wirkte derart riesig, dass Stracciatella vor Furcht die Stimme wegblieb.

»He, sag was, oder soll ich dir erst den hübschen Hals zerkratzen? Wer bist du?«

Der gesprenkelte Kater brauchte zwei Anläufe, bis er mit gehauchter Stimme seinen Namen herausbrachte.

»Geht's vielleicht ein bisschen lauter?«

»Stracciatella«, maunzte dann der Kater, so laut er konnte. Massimo drehte angewidert den Kopf zur Seite.

»Spuck mich nicht an! Was willst du hier?«

»Ich habe euch gesucht.«

»Uns – wieso?« Massimo lachte. »Was solltest du kleiner Zwergenkater denn von uns wollen?«

»Caruso schickt mich.«

»Wieso Caruso? Was ist mit ihm? Raus mit der Sprache!«

Nun schritt Zorro an Massimos Seite und schaute sich den am Boden liegenden Kater näher an. Er erkannte ihn sofort.

»Stracciatella, was suchst du denn hier?«

»Halt dich da raus, Zorro, lass ihn ausreden! Ich will wissen, was er mit Caruso zu tun hat.«

»Wenn du mich loslässt, geht das entschieden besser«, schlug der gesprenkelte Kater zaghaft vor.

»D'accordo, aber wenn ich merke, dass du mich verarschst, dann kriegst du meine Krallen zu spüren. Kapiert?«

»Sì«. Er nickte.

Massimo trat beiseite, und Stracciatella kam wieder auf die Füße, schüttelte sich und schaute Zorro dabei wütend an.

»Warum hast du ihn nicht zurückgehalten?«, fragte er beleidigt.

»Ich habe dich zu spät erkannt«, versuchte sich Zorro zu verteidigen. »Wir dachten, da lauert irgendein kampflustiger Kater in der Ecke.«

»Was quatschst du mit dem?«, fragte Massimo. »Woher kennst du ihn?«

»Wir haben beide dasselbe Zuhause – bei Signora Esmeralda Stiviso.«

»Und was suchst du hier? Und wieso schickt dich Caruso?«, richtete Massimo nun mit etwas freundlicherer Stimme die Frage an Stracciatella.

Da erzählte der gesprenkelte Kater, dass ihn Caruso geschickt habe, um die Fratelli Neri zur Villa zu führen. Und dass der üble Signore auf dem Platz vor dem Haus der alten Dame stehe und womöglich dort eindringen wolle.

»Und was ist mit Caruso? Was hat er vor?«

»Er ist auf dem Weg zum Ispettore. Camilla, die vorübergehend auch in der Villa der alten Dame wohnt, hat ihn am gegenüberliegenden Tatort gesehen.«

»Accidenti, verflixt noch mal! Wir hätten Burma mitnehmen müssen. Der würde den Täter sofort wiedererkennen. Daran habe ich überhaupt nicht gedacht. Aber ich bin eben kein Meisterdetektiv wie Caruso.«

Ärgerlich über sich selbst wetzte Massimo die Krallen an den Steinen.

Nun trat auch Nunzio an die Seite seines Cousins.

»Los, lasst uns keine Zeit verlieren! Wir müssen der Signora helfen. Zorro, am besten führst du uns zur Villa. Du wirkst frischer als Stracciatella.«

»Scusa«, wandte sich Massimo an den getupften Kater. »Ich hatte keine Ahnung, was dich in diese Gegend führt.«

»Va bene, lauft nur, ich komme hinterher.«

Signora Stiviso saß in ihrem Lieblingssessel beim Fenster. Sie hatte sich ihre flauschige Stola umgelegt und starrte vor sich hin. Brunhilda lag schwach atmend auf ihrem Schoß. Die alte Dame wirkte in höchstem Maße bedrückt. Das spürten ihre Katzen ganz genau und hatten sich um sie geschart.

»Povera Signora.«

»Was hat sie nur, die Gute?«

»Seit sie wieder da ist, hat sie sich noch nicht von der Stelle gerührt. Sie starrt nur vor sich hin«, maunzte Mimi.

Plötzlich ertönte ein lautstarkes Niesen. Die Katzen und auch die Signora zuckten erschrocken zusammen. Emilia und Gigermo sprangen auf und eilten zur Tür, durch die der üble Signore gerade das Haus betrat. Er zog sofort sein Taschentuch aus der Jacke. Es folgte ein weiterer gewaltiger Nieser. Er versuchte ihn mit dem Taschentuch ein wenig zu dämpfen und schritt dann langsam zum Wohnraum hinüber. Dort erblickte er Signora Stiviso, die mit fassungsloser Miene in ihrem Sessel saß.

»Elendes Viehzeug! Wie kann man nur mit so etwas zusammenleben?«

Largo stellte sich ihm fauchend in den Weg, doch der alte Mann beachtete ihn nicht und streifte im Gehen dessen rechte Pfote. Schimpfend sprang der Kater beiseite.

»Dir werd ich's zeigen!«

Doch in diesem Moment rannte Camilla von draußen herein und konnte ihn gerade noch rechtzeitig besänftigen.

»Fordere den Signore nicht heraus!«, rief sie. »Lass uns schauen, was er vorhat. Dann können wir ihn uns immer noch vorknöpfen.«

Cosmo, der sich dem Signore als Nächster in den Weg gestellt hatte, sprang beiseite.

Camilla spürte die Empörung und den Zorn der Katzen. Und sie sah den panischen Gesichtsausdruck der Signora.

»Ihr wird nichts passieren«, versprach sie den Katzen und hoffte innigst, dass Caruso und Castello endlich zur Stelle wären.

Camilla sprang an dem Signore vorbei auf die Fensterbank. Von dort aus überblickte sie den Weg nach draußen und behielt gleichzeitig den alten Mann im Auge. Der schritt nun an dem Papageienkäfig vorbei.

»Pronto, pronto!«, krächzte Bartolomeo.

Aber der Signore schien kein Interesse an einer Unterhaltung mit dem Federvieh zu haben.

»Pronto«, versuchte es Bartolomeo noch einmal.

»Zitto!«, schnauzte ihn der Alte daraufhin wutschnaubend an.

Dann steuerte er geradewegs auf das Schachspiel zu, das auf der Anrichte stand.

»Halt endlich die Klappe!«, schimpfte ein kleiner grauer Kater den Papageien böse an. Da drehte sich Bartolomeo beleidigt um.

»Na, was haben wir denn hier?«, meinte nun der Mann und betrachtete die Partie auf dem kostbaren Brett.

Die Figuren hatten eine besonders schöne Form. Sie waren aus Zinn angefertigt. Den Kopf der Dame zierte eine rubinrote Krone. Sie bedrohte den Turm, der dem König, der einen Smaragd auf dem Kopf trug, Deckung gab. Der Signore besah sich das Brett ganz genau und durchschaute sofort die Bedrohung für den König.

»Die Partie kommt mir irgendwie bekannt vor. Das ist doch kein Zufall. Aber glaub nur nicht, dass du mich damit einschüchtern kannst.«

Er musterte Esmeralda Stiviso mit finsterem Blick.

»Was hast du vorhin im Hotelgarten gesucht? Schnüffelst du mir nach?«

Er hob die Dame an ihrer roten Krone hoch und wendete sie hin und her. Dann umfasste er ihren Hals, als wolle er sie erwürgen.

»Wie zart doch so ein Frauenhals ist.« Der Signore lachte schallend. »Nachdem ich die letzte Partie verloren habe, erwarte ich eine Revanche von dir.«

Mit finsterer Miene drehte er sich zur Signora um. Die Ader an seinem dünnen Hals pochte heftig. Er konnte jedoch nicht weitersprechen, denn ein heftiger Niesanfall überfiel ihn.

19. Ta1–d1 Dh5xf3

Esmeralda reagiert ebenfalls mit ihrem Turm. Riccardo merkt sofort, dass hinter diesem Zug ein besonders vorbereiteter Angriff steckt. Doch welcher Art er ist, das durchschaut er noch nicht.

Für einen Moment ist er verunsichert, doch dann prescht er mit seiner Dame nach vorn und schlägt den Springer. Der weiße Bauer, hinter dem sich nun der König versteckt hält, darf die Dame nicht schlagen und darf auch selbst nicht geschlagen werden, denn sonst wäre der weiße König schachmatt.

Wie wird Esmeralda bei ihrem nächsten Zug reagieren?

13. KAPITEL

Burma sprang von der Mauer wieder hinunter, nachdem die Fratelli Neri und Zorro davongeeilt waren. Dann schlüpfte er flink zu Raffaela unter den Busch.

Burma war voller Lust und Leidenschaft, als ihm der Duft der schönen Katze in die Nase stieg und er ihre Wärme fühlte.

Raffaela hatte gespürt, dass Burma kommen würde. Ihr feiner weiblicher Katzeninstinkt nahm seine Wollust wahr. Sie kuschelte sich zusammen und hatte die Augen fest geschlossen.

Mal sehen, wie er mich bezirzen wird, dachte sie. Burma umkreiste Raffaela zunächst mit ruhigen Schritten, schnupperte an ihr und stieß sie sanft mit der Nase an.

»Raffaela, du schönste aller Katzendamen, ich begehre dich. Hast du Lust auf ein paar zärtliche Minuten?«

Das genügte Raffaela aber ganz und gar nicht. Obwohl sie zugeben musste, dass auch er einen betörenden Duft verströmte. Seine vornehme Art, sich auszudrücken, seine gestelzten Worte und sein Mut gegenüber Massimo gefielen ihr außerordentlich. Und hübsch war er obendrein sowieso.

Wirb um mich, dachte sie und blieb noch immer still liegen.

»Na gut«, maunzte Burma. »Wie ich dich einschätze, erhoffst du dir etwas ganz Besonderes von mir. Das sollst du haben.«

Er setzte sich wie ein verliebter Kavalier auf die Hinterpfoten und begann spontan einen Vers zu drechseln.

»Liebste Raffaela,
liebreizend liegst du da,
umgeben von vielen Blüten.
Vor mir soll sich jeder Kater hüten.
Du bist die schönste Katzenfrau
mit deinen Augen so himmelblau.
Möchte in dir versinken,
in deinem Duft ertrinken.
Sei mein für einen Augenblick,
dieses Glück kommt so schnell nicht zurück.
Kämpfen würde ich um dich,
bitte verstoß mich nicht.
Ich lie…«

Doch da öffnete Raffaela die Augen und unterbrach seine Liebeserklärung.

»Zitto, es reicht.«

Sofort sprang Burma an ihre Seite und beschmuste sie schnurrend mit seiner Schnauze.

»Burma, nun hör doch mal.«

»Nicht jetzt, später.«

»Nein, jetzt.«

»Später.«

Raffaela gab Burma einen kräftigen Schubs, entwand sich ihm, erhob sich auf die Tatzen und flitzte unter dem Busch hervor. Dann sprang sie auf die Mauer und blickte von dort oben zu dem verdatterten Burma hinunter.

Der schokobraune Kater kam mit langsamen Schritten ebenfalls unter dem Busch hervor. Sein Gesicht zeigte tiefe Enttäuschung.

»Schönste aller Katzen, habe ich deine Worte falsch gedeutet? War ich zu schnell? Ich dachte, es sei alles klar zwischen uns.«

Raffaela stand auf und stolzierte auf der Mauer entlang. Burma nahm den gleichen Weg, nur unten im Hof.

»Versteh mich richtig, Burma. Du bist ein Katzensignore, wie ich noch nie einen kennengelernt habe. Aber es ist jetzt einfach nicht die geeignete Zeit für ein Schmusestündchen. Du musst den Fratelli Neri und Zorro hinterhereilen, denn du bist der einzige wirkliche Zeuge.«

Die schöne Katze änderte die Richtung und spazierte nun in entgegengesetzter Richtung über die Mauer. Burma tat es ihr gleich.

»Capisci? Verstehst du? Dein Erscheinen in der Villa ist von größter Wichtigkeit. Nur du kannst den Täter entlarven.«

»Meinst du wirklich?«

»Naturalmente.«

»Aber ich bin doch nur ein Kater.«

»Gerade deshalb. Caruso ist auch ein Kater und gleichzeitig der größte Meisterdetektiv von ganz Venedig.«

Burma nickte. Er hatte ihn vor einiger Zeit kennengelernt. Aber daran mochte er sich nicht gern erinnern, denn sein Herrchen war in einen miesen Kriminalfall verwickelt gewesen. Seitdem war Burma unglücklich durch Venedig gezogen.

»Du wirst dadurch auch sicher das Ansehen eines Sir zurückgewinnen.«

Burma spitzte die Ohren. Der Stachel, dass sein Herrchen, ein englischer Unternehmer, ein Verbrecher war und nun in einem Gefängnis seine Strafe absitzen musste, saß dem burmesischen Kater noch tief im Fleisch. Aber vielleicht hatte Raffaela recht, und er würde wieder ein geachteter Kater werden. Er strich sich über die Ohren.

»Ich will es versuchen. Auch wenn es mir schwerfällt, dich hier allein zu lassen.« Er warf der geliebten Kurtisane einen verschmitzten Blick zu.

Sie schenkte ihm ihr süßestes Lächeln.

»Unsere Zeit kommt noch, jetzt lauf.«

Burma verbeugte sich vor ihr.

»Leb wohl, schönste Katzenfrau, amore mio, miauauau«, maunzte er noch zärtlich, dann flitzte er davon.

Caruso schlich schon eine Weile am Tatort herum. Er hatte sich vor einiger Zeit an der Brücke von Stracciatella getrennt und ihm genau den Platz beschrieben, an dem sich dieser mit den Neri treffen sollte. Der gesprenkelte Kater war davon gar nicht begeistert gewesen.

»Ich, ähm, ich soll mich mit den Neri treffen? Ach, Caruso, vielleicht gehen wir lieber gemeinsam«, hatte er gestammelt.

Doch Caruso hatte sich auf keine Diskussion eingelassen.

»Ich verlasse mich auf dich. Wir sehen uns später.« Und schon war er davongesprungen.

Den Geruch von Blut hatte der Meisterdetektiv schon auf weite Entfernung in der feinen Nase. Als er auf der Brücke stand, sah er eine Absperrung am Kanal.

Das wird der Tatort sein, vermutete Caruso und eilte sogleich dorthin.

Die Polizia und ihre Ermittler waren bis vor Kurzem hier gewesen. Nun war aber keine Menschenseele mehr zu sehen, und er konnte sich in Ruhe umschauen. Weiße Markierungen waren auf dem Boden aufgemalt. Es schienen die Umrisse des Toten zu sein. An dem Pfosten beim Kanal sah und roch der rote Kater deutlich Blut. Der Tatort war mit einem rot-weißen Band abgesperrt, um neugierige Passanten fernzuhalten. Natürlich zählte sich Caruso nicht dazu, denn er war ja der venezianische Meisterdetektiv. Er schlich unter dem Band hindurch.

»Mal sehen, ob ich hier irgendetwas entdecke, das Ispettore Castello und seine Leute vielleicht übersehen haben«, maunzte er vor sich hin.

Vorsichtig umrundete er den Pfosten, roch an den Steinen und prägte sich alles genau ein.

»Hm, außer Blut kann ich nichts Außergewöhnliches erkennen.«

Der rote Kater trat ganz nahe an den Kanal heran und besah sich genauestens die Steine. Vielleicht würde er dort etwas Auffälliges bemerken.

»Fehlanzeige«, maunzte er und drehte sich zu dem Hotel um. Es erhob sich alt und ehrwürdig inmitten des Gartens. Dort schien es ruhig zuzugehen. Bis auf eine gurrende Taube, die sich wohl von der Piazza San Marco hierher verirrt hatte, und ein vorbeifahrendes Motorboot war alles still.

Caruso entfernte sich einige Schritte vom Tatort und ging langsam am Kanal entlang. Auch hier schnupperte er an den Steinen und fand schließlich die Stelle, an der Brunhilda offenbar gelegen hatte, denn er entdeckte ein paar lange Katzenhaare.

»Der Täter muss Brunhilda also hierhergeschleudert haben.«

Caruso schaute zum Tatort und dann wieder zum Hotel hinüber.

Der Mann stand bestimmt im Eingangsbereich des Gartens, als Brunhilda sang. In der Dunkelheit bemerkte ihn dort niemand, denn er konnte sich neben den Hecken sicher gut versteckt halten. Vor lauter Singerei witterten ihn die Katzen nicht. Dann verließ der Mann vermutlich sein Versteck, um ihr den heftigen Fußtritt zu verpassen.

Der Meisterdetektiv schlich zum Garten und schaute sich aufmerksam den Weg dorthin an.

»Was ist das? Da blitzt doch etwas!«

Caruso sprang sofort auf den glitzernden Gegenstand zu. Leider war es nur ein kleines buntes Glasstück.

»Womöglich hat jemand etwas aus Muranoglas fallen lassen. Aber das bringt mir leider auch keine neuen Erkenntnisse.«

Caruso ging in gebückter Haltung weiter, um möglichst

alle Ritzen zwischen den abgetretenen Steinen einsehen zu können. Dann hielt er plötzlich in seiner Bewegung inne.

»Steckte da nicht gerade etwas?«, murmelte er.

Der rote Kater hatte Glück, er fand die Stelle wieder.

»Das ist doch ein Knopf!«

Caruso betrachtete das Fundstück genauer. Es war ein ungewöhnlicher Knopf, auf dem ein kleines rotes Schiff abgebildet war.

»Vielleicht hat ihn ein vornehmer Bootsbetreiber verloren, die tragen doch so etwas. Oder jemand, der viel Wert auf Kleidung legt. Eventuell war es ein Passant. Er könnte aber auch dem Täter gehören«, sinnierte Caruso laut.

Der schlaue Kater gab sich größte Mühe, den Knopf mit den Pfoten aus der Ritze zu kratzen. Trotz aller Anstrengungen wollte es ihm nicht gelingen. Er schaute sich um und versuchte sich die Stelle genau einzuprägen. Als Caruso sicher war, sie wiederzufinden, schlich er zum Garten hinüber und daran entlang. Er kroch unter die Kirschlorbeerhecken und schaute sich dort genauestens um. Sofort entdeckte der feinsinnige Kater den Busch, unter dem Burma gelegen hatte.

»Hier ist die Erde aufgewühlt. Ein paar Unkrautbüschel sind platt gelegen oder getreten. Und was sehe ich hier? Ein schokobraunes Katzenhaar. Da hat jemand gekauert und womöglich die Tat beobachtet. Die Neri haben doch erzählt, dass sie schräg gegenüber vom Tatort gelegen haben. Dann müsste es also einen weiteren Zeugen geben, der von hier aus eventuell alles gesehen hat«, miaute Caruso.

Er schlich unter der Hecke hindurch und in den Garten hinein. Der Meisterdetektiv durchstreifte ihn, bemerkte aber nichts Auffälliges. Als er gerade aufmerksam einen Rosenbusch umrundete, entdeckte er Castello, der den Garten betrat. Ohne zu zögern, sprang er zu ihm hinüber.

»Castello, komm mit!«, maunzte Caruso und schlich

dem Ispettore um die Beine. Dann stieß er ihm sachte gegen die Waden.

»Ich will dir etwas zeigen. Außerdem müssen wir zu Signora Stiviso. Dort hält sich ein Mann auf, der höchstwahrscheinlich den Mord begangen hat.«

Castello stemmte beide Hände in die Hüften.

»Hallo, du verflixt schlauer Kater! Du hast dich also bereits des Mordfalls angenommen. Sonst wärst du doch nicht hier. Es ist bestimmt kein Zufall, dass ich dich in diesem Garten treffe.«

Er bückte sich zu Caruso hinunter, um ihn zu streicheln, doch der wich ihm aus. Dann entfernte er sich ein paar Schritte von Castello, um gleich darauf wieder zu ihm zu laufen. Abermals sprang der rote Kater einige Schritte davon.

»Du willst, dass ich mit dir komme?« Der Ispettore zwirbelte sein Schnurrbärtchen.

»Sì, Castello«, nickte Caruso und entfernte sich noch ein bisschen weiter.

»Bene«, meinte der Ispettore. »Warte, ich bin gleich wieder bei dir.«

Er eilte mit großen Schritten ins Hotel zurück und erklärte dem Hotelmanager, dass er für kurze Zeit etwas zu erledigen habe und danach mit seinen Befragungen fortfahren werde.

»Auf Wiedersehen, wir sprechen uns später«, meinte er noch im Vorbeieilen zu dem deutschen Schachspieler und kehrte zu Caruso zurück, der ungeduldig hin und her schlich und auf ihn wartete.

»Es kann losgehen, Meisterkater. Aber lauf nicht so schnell, ich bin nur ein Mensch.«

20. Te1xe7+ Sc6xe7

Esmeralda führt nun einen ganz besonderen Zug mit ihrem Turm aus und bietet mit ihm dem schwarzen König Schach. Riccardo kocht innerlich vor Wut, dass Esmeralda es wagt, ihn so eiskalt anzugreifen und damit in Zugzwang zu bringen. Doch sein Springer wirft sich in die Bresche und fegt den Turm vom Spielbrett.

14. KAPITEL

Der Signore hob das kostbare Schachspiel vorsichtig von der Anrichte und stellte es auf den Tisch, der in einer kleinen Nische des Zimmers stand. Dann griff er nach jeder einzelnen Figur und stellte sie auf deren angestammten Platz. Er wirkte äußerlich ruhig, doch Camilla, die ihn unentwegt beobachtete, bemerkte seine stark zitternden Finger.

»Komm her, setz dich!«, sprach er die Signora an. Seine Stimme klang etwas milder als zuvor, doch noch immer zum Fürchten.

Die alte Dame rührte sich nicht von der Stelle und strich Brunhilda über den Rücken.

Der Signore nahm nun die weiße und die schwarze Dame vom Brett und umschloss sie jeweils mit einer Faust. Dann schritt er zu Esmeralda Stiviso hinüber und streckte ihr die beiden geschlossenen Hände entgegen.

»Wähle! *Regina regit colorem.* Du erinnerst dich doch sicher?! Die Dame bestimmt die Farbe.«

Signora Stiviso starrte auf die alten Hände des Mannes. Doch sie reagierte nicht und schwieg. Stattdessen schloss sie die Augen und sah vor dem inneren Auge die gleiche Szene, wie sie sich vor vielen Jahren zugetragen hatte. Erneut stieg die Angst in ihr auf, die sie als Mädchen empfunden hatte. Jenes beklemmende Gefühl, das sie zum Schweigen gebracht hatte.

Selbst als ihr Vater schließlich das Lösegeld an die Entführer gezahlt hatte und Esmeralda Stiviso freigelassen wurde, konnte sie sich nicht überwinden, wieder zu sprechen.

Esmeralda hörte die glückliche Stimme ihres Vaters. Sie spürte die Arme ihrer Mutter, die sie fest umschlangen.

Sie schaute in die tränenüberströmten Gesichter. Doch sie konnte nicht weinen. Ihre Kehle war wie zugeschnürt. Sie fühlte nichts als eine tiefe Leere.

In den letzten Wochen hatte sie nicht ein einziges Mal geweint oder geredet. Einen unsichtbaren Schild hatte sie vor sich aufgestellt, der ihre Gefühle vor dem Entführer abschirmen sollte. Ihre Empfindungen waren eingesperrt, im tiefsten Innern ihres Ichs. Dort warteten sie darauf, wieder aktiviert zu werden. Genau wie ihre Stimme. Doch geschah dies weder am Tag ihrer Freilassung noch einen Monat oder gar Jahre später. Esmeralda blieb verschlossen und redete nicht mehr mit den Menschen.

Sie fühlte die Verzweiflung ihrer Eltern, doch war sie nicht in der Lage, ihren Schutzschild zu öffnen. Der einzige Hinweis, ob es ihrer Tochter gut oder schlecht ging, war Esmeraldas Klavierspiel. Dann saß sie in dem mondän eingerichteten Salon und erfand kleine Melodien, zu denen sie sich mit der linken Hand selbst begleitete. Eines Tages, als Esmeralda am Bechstein-Flügel saß und spielte, schlich eine Katze quer durch das Wohnzimmer zum Flügel und sprang ihr auf den Schoß. Sie schien sich sehr über den kleinen schwarzen Kater zu freuen und kraulte ihn freundlich. Der Kater schnurrte sie zufrieden an. Esmeralda wandte sich zu ihrem Vater um, der erwartungsvoll an der Tür stand. Er hatte den Kater für seine Tochter gekauft, um sie zu überraschen. Ein Lächeln zuckte um ihren Mund, und sie sagte: »Mille grazie.«

Dieser Tag war ein Glückstag im Haus des Bankiers Stiviso und seiner Frau, denn Esmeralda sprach wieder. Nicht mit den Menschen, aber mit ihrem Kater. Sie teilte ihm fortan ihre Gedanken und Wünsche mit. Und so wussten ihre Eltern endlich wieder, was sie fühlte und dachte.

»Welche Hand wählst du?« Die Worte des alten Mannes rissen Signora Stiviso aus ihren Gedanken. Sie schaute ihn nicht an, sondern deutete mit dem rechten Zeigefinger auf seine linke Hand. Der Signore öffnete sie langsam. Es war die schwarze Dame, die zum Vorschein kam. Höhnisch verzog er das Gesicht und lachte böse.

»Du hast die Farbe des Todes gezogen. Steh auf und komm!«

Er stellte die schwarze Figur auf die Lehne ihres Sessels und ging dann zum Schachtisch hinüber. Er setzte sich auf einen der Stühle. Den Platz ihm gegenüber sollte Esmeralda einnehmen. Vor ihm standen die weißen Spielfiguren, und er stellte seine Dame auf ihr weißes Feld. Dann zog er hektisch das Taschentuch aus der Jacke, nieste und putzte sich entnervt die Nase.

»Elende Katzenviecher!«, schimpfte er. »Gatti rognosi, räudige Katzenplage.«

Esmeralda Stiviso strich Brunhilda sanft über den Kopf. Dann nahm sie die verletzte Katze vorsichtig auf den Arm, erhob sich und legte sie auf den Sessel zurück. Brunhilda hatte die Augen noch immer nicht geöffnet. Sie schien tief zu schlafen.

Die alte Signora ergriff die schwarze Dame und ging mit langsamen Schritten zum Schachtisch hinüber. Dabei zog sie sich die Stola enger um die Schultern, denn es fröstelte sie.

Dann setzte sie sich auf den Stuhl, dem Signore gegenüber, und wartete dessen ersten Zug ab. Da er die weißen Figuren hatte, eröffnete er das Schachspiel.

Die ersten Züge waren unspektakulär. Doch der alte Mann bemerkte genau, dass Esmeralda hoch konzentriert war und genau wusste, was sie tun musste, um sich seiner bisher eher schwachen Angriffe zu entziehen.

Dann nahm das Spiel eine Wendung. Die Signora griff mit ihrem Turm den schwarzen König an. Der alte Signore fegte ihn wütend mit seinem Springer vom Spielfeld.

Dann fluchte er leise in sein Taschentuch, das er sich

schützend vor die Nase hielt. Er schien sich zu ärgern, dass Esmeralda es wagte, ihn anzugreifen.

Es war beängstigend still in dem kleinen Wohnzimmer. Nur Brunhildas gleichmäßiges tiefes Atmen war zu hören. Sie lag nach wie vor bewegungslos da.

Die anderen Katzen spürten die Furcht ihrer Herrin. Camilla, die aus dem Fenster sah und gleichzeitig nach Castello und Caruso Ausschau hielt, bemerkte, dass sich die Wangen der alten Dame deutlich gerötet hatten. Unter dem Tisch rieb sie die Hände nervös aneinander.

Camilla betrachtete den Signore nun genauer. Seine Augen suchten unruhig das Schachbrett ab, als habe er Angst, einen weiteren entscheidenden Zug von Esmeralda zu übersehen.

Wann kommen nur Castello und Caruso?, dachte Camilla in einem fort.

Sie fühlte sich sehr unwohl in dieser stillen, nahezu beklemmenden Atmosphäre.

Irgendetwas muss ich tun. Ich traue dem Typen zu, dass er jeden Moment vor Wut ausrastet. Wir müssen ihm Angst einjagen, damit er seine Macht über die Signora verliert.

Besorgt musterte Camilla die alte Dame, doch schien diese ihre anfängliche Angst überwunden zu haben. Ihre Hände ruhten im Schoß. Sie hatte sich kerzengerade hingesetzt, so als wolle sie ihrem Gegner auch körperlich Paroli bieten.

Signora Stiviso wandte den Blick nun vom Schachbrett ab und schaute zu ihren Katzen hinüber. Sie kniff dabei die Augen zusammen und machte eine winzige Kopfbewegung in Richtung des Signore. Es sah aus, als wolle sie sagen: Flößt ihm mit euren funkelnden Blicken Furcht ein!

»Habt ihr das gesehen?«, maunzte Camilla. »Setzt eure furchterregendsten Mienen auf.«

Ein begeistertes, zustimmendes Maunzen ging durch den Raum.

»Mistviecher!«, schimpfte der Signore. »Bei diesem Lärm kann sich doch keiner konzentrieren.«

Wütend starrte er die Katzen an. Die saßen unbewegt da, Camilla, Gigermo, Cosmo und alle anderen. Ihre Augen bildeten schmale Schlitze und blitzten den Signore bösartig an. Sie schienen sprungbereit zu sein. Ihre Muskeln wirkten angespannt und konnten jederzeit für einen Überfall aktiviert werden.

»Was soll das?«, fragte der Signore. Unsicherheit schwang in seiner Stimme mit.

Sein Gesichtsausdruck zeigte den Katzen, dass er eine unterschwellige Gefahr witterte, aber nicht wusste, was es damit auf sich hatte.

Er schaute Esmeralda Stiviso in die Augen. Zum ersten Mal wich sie seinem Blick nicht aus, sondern erwiderte ihn überlegen.

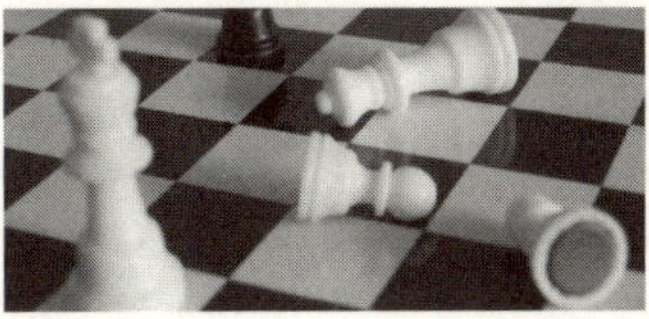

21. Da4xd7+ Ke8xd7

Esmeralda ist noch immer nicht eingeschüchtert. Sie schlägt mit ihrer Dame den schwarzen Bauern und bietet somit dem schwarzen König erneut Schach.

Die weiße Dame blickt nun den König direkt an.

Esmeralda und Riccardo Lumaca sind sich schon lange nicht mehr so gefährlich nahegekommen.

Riccardo schäumt vor Wut. Gern würde er ihr den Hals umdrehen. Doch diese Aufgabe soll zunächst einmal sein schwarzer König erledigen. Er nimmt ihn, ohne weiter über den Zug und seine Folgen nachzudenken, und schlägt mit ihm die weiße Dame.

Lumaca umschließt sie mit der Hand, als wolle er sie zerquetschen.

15. KAPITEL

Die Fratelli Neri und Zorro eilten über den Campo San Boldo im Sestier San Polo. Sie huschten gerade an einem Haus vorbei, dessen Türgriffe die Form eines Schachbretts hatten, da maunzte Massimo laut. »Halt, habt ihr das gesehen? Das war doch Camilla auf dem Bild, die Gefährtin von Caruso!«

Massimo ging ein paar Schritte zurück. Die anderen folgten ihm. Tatsächlich, da hing ein Plakat mit dem Foto von Camilla. Es war offensichtlich eine Vermisstenanzeige.

Mi chiamo Camilla
Mi sono perduta
Abito in Campo Sant'Agostin 2954
Vi prego chiamate casa mia se mi vedete
Ho bisogno di aiuto!
041.48348484

»Sonderbar, ist sie jemandem von euch begegnet?«

»Sì«, meinte Zorro, »die ist vor ein paar Tagen bei Signora Stiviso untergekommen. Die alte Dame hat sie mitgenommen, weil sich Camilla an der Pfote verletzt hatte.«

»Oh, na dann werden wir sie ja dort treffen.«

»Wo bleibt eigentlich Stracciatella?«, fragte Nunzio. Die drei blickten sich um, doch der gesprenkelte Kater war noch nicht zu sehen.

»Vielleicht hat er einen anderen Weg genommen«, überlegte Nunzio.

»Er kennt bestimmt die Abkürzung über die kleine Nebengasse der Calle Longo. Das geht schneller, ist aber auch wesentlich gefährlicher.«

Zorros Stimme hatte einen geheimnisvollen Klang angenommen. Massimo und Nunzio schauten ihn aufmerksam an und hörten seinen Ausführungen gespannt zu.

»Da muss man durch einige unheimliche Hausunterführungen schlüpfen, gelangt von dort aus in dunkle Hinterhöfe, die man nur über hohe Mauern verlassen kann. Eigentlich ist das ja ein Klacks für uns Katzen. Wenn dir aber ein unangenehmer Monsterkater auflauert und mit dir Streit anfängt, oder eine Signora, die gerade putzt, jagt dich mit dem Besen davon oder schmeißt dir einen nassen, stinkenden Lappen hinterher, dann hast du schlechte Karten. Dann musst du schnell sein, und das gelingt dir nicht immer.«

Massimo und Nunzio saßen regungslos da und lauschten gebannt.

»Bisher ist da aber noch keinem Kater, den ich kenne, etwas passiert«, berichtete Zorro weiter. Seine Stimme klang nun wieder milde. »Und wenn wir nicht endlich weiterlaufen, ist Stracciatella lange vor uns bei der Villa.«

Er sprang geschwind auf die Beine und schaute die Fratelli Neri listig an. Massimo aber stellte sich Zorro zornbebend in den Weg.

»Was erfindest du da für dumme Geschichten?«, fauchte er ihn an.

»Ihr habt so ausgesehen, als hätte ich gar nicht so schlecht erzählt.« Verschmitzt zuckte es um Zorros Mundwinkel.

»Los, laufen wir weiter!«, schlug Nunzio vor. Er spürte, dass Massimo drauf und dran war, mit Zorro zu streiten. Und das liefe sicher auf einen üblen Kampf hinaus.

»Habt ihr vergessen, worum es eigentlich geht? Jetzt macht schon!«

Massimo funkelte den maskierten Kater noch einmal an. Dann drehte er sich aber um und sprang um die nächste Ecke.

Die drei eilten an Häuserwänden vorbei, deren Putz stark

abbröckelte. Darunter war ein Gerippe aus alten Steinen zu sehen. Der eine oder andere Blumentopf, der neben den Eingängen stand, verlieh dem morbiden, verfallenen Aussehen der Gebäude ein wenig Frische. Manch ein reich verzierter Türgriff lenkte vom Zerfall der einst prachtvollen Bauten ab und brachte Glanz in die farblosen Gassen. Massimo, Nunzio und Zorro kamen zur Calle della Regina, folgten ihr ein Stück, überquerten eine Brücke und erreichten den Campo Santa Maria Mater Domini.

Dort waren am Kanal einige Tische mit rotkarierten Decken aufgestellt. Ein Servierwagen stand im Eingangsbereich. Darauf thronte eine üppige Obstschale. Daneben befanden sich eine Platte mit Orangen und ein schlichter Sektkühler. Auf der unteren Ebene stand eine Schokoladentorte, die über und über mit Puderzucker bestäubt war.

Einige alte Damen im Kostüm, mit Hut und Sonnenbrille saßen dort, unterhielten sich, rauchten Zigarillos und streckten die Gesichter der Sonne entgegen, die erst vor Kurzem schüchtern den Platz erreicht hatte.

Die drei Kater überquerten die Brücke und rannten unter einer Laterne hindurch, die an der Hauswand befestigt war.

»Accidenti!«, schrie Nunzio plötzlich auf. Er humpelte und suchte Schutz in einer kleinen Mauernische, die für einen Kater gerade groß genug war. Massimo und Zorro eilten zu ihm.

»Was ist?«, fragte Massimo nicht gerade freundlich. Es ging ihm nicht schnell genug vorwärts. Nunzios Getrödel ärgerte ihn.

»Ich habe mich an dem blöden Ding da drüben gestochen.«

Nunzio zeigte auf eine üppig blühende, stachlige Kaktuspflanze.

»Die steht doch gar nicht mitten im Weg. Wie hast du das denn angestellt?«

»Ich habe die Pflanze übersehen.«

»Soso, hast du es neuerdings mit den Augen, oder was?«

Massimo konnte seine Gereiztheit nicht mehr verbergen.

»Da war dieser herrliche Kuchen, und ich habe einfach nicht geschaut, wo ich hingesprungen bin, und ehe ich mich versah, bin ich mit der Tatze in der Pflanze gelandet. Jetzt steckt da bestimmt ein blöder Stachel drin.«

Nunzio leckte klagend an seiner Pfote. Sie schien höllisch wehzutun.

»Lass mal sehen!«, verlangte Massimo streng. Nunzio streckte ihm die rechte Tatze entgegen.

»Da steckt nicht nur einer drin, das sind gleich drei. Verdammt, soll ich versuchen, die Dinger rauszuziehen?«

Nunzio nickte mutig. Aber kaum berührte Massimo mit den Zähnen einen der Stacheln, schrie Nunzio auf und stieß seinen Cousin mit der anderen Pfote von sich. Massimo fiel fluchend auf die Seite, rappelte sich aber sofort wieder auf.

»Wenn du mich nicht ranlässt, kann ich dir auch nicht helfen«, knurrte er grimmig.

»Ich versuche es besser selbst. Lauft weiter. Ich komme so schnell wie möglich nach.«

»Bist du sicher?«, fragte Massimo, nun etwas freundlicher.

»Sì, macht schon!«

»Also gut, wenn du meinst, du schaffst es allein ...«

Massimo gab Nunzio noch einen freundlichen Hieb mit der Tatze und eilte dann mit Zorro weiter.

Der gesprenkelte Kater verließ kurz nach den Fratelli Neri und Zorro den kleinen Garten. Er gelangte zu einer schmalen Gasse und rannte sie zügig entlang. Stracciatella war sicher, dass er die Kater bei diesem Tempo bald einholen würde. Doch da irrte er sich. Er kam an eine Stelle der Calle dei Botteri, an der sich der Weg teilte.

»Welche Abzweigung sind sie wohl gegangen, und welchen Weg nehme ich denn nur?«, maunzte er vor sich hin und blickte sich nach beiden Seiten um. Doch er entdeckte seine Kumpane nicht.

Nach links zeigten sich kleine Souvenirläden, die aus den Schatten der Häuser hervorleuchteten. Nach wenigen Metern würde sich der Weg erneut gabeln, und wenn er dieser Gasse folgen würde, müsste er in einen Hinterhof schlüpfen, um die Abkürzung zu Signora Stivisos Villa zu nehmen. Die andere Seite der Calle dei Botteri führte zu einem großen Platz, den es dann zu überqueren galt. Stracciatella setzte sich auf die Hinterpfoten und dachte nach.

Die Fratelli Neri sind doch mutig und schlau. Die halten sich bestimmt nicht mit der längeren Strecke auf.

Der gesprenkelte Kater entschied sich für den gefährlicheren Weg. Er huschte an einem Schuhgeschäft und einem Muranoglasladen vorbei.

Bunte Ketten funkelten ihn an, und ein feuerrotes Glaslichtspiel wehte sachte hin und her.

Stracciatella hatte erst vor Kurzem einen Ausflug mit Signora Stiviso hinüber zur Insel Murano gemacht. Die alte Dame ging bei längeren Ausflügen nie ohne eine Katze aus dem Haus. Sie wählte immer eine andere aus, und diesmal war es Stracciatella, der sie begleiten durfte.

Sie gingen bis in die Nähe des Arsenals und nahmen dort einen Vaporetto, den venezianischen Wasserbus, zur Insel hinüber. Es regnete leicht, und so kuschelte sich Stracciatella gemütlich in die Tasche. Die Überfahrt verlief ruhig.

Murano wurde ebenso wie Venedig von Kanälen durchzogen. Die Signora entschied sich für einen breiten, lang gestreckten Weg, der von der Anlegestelle zu einer eleganten großen Brücke führte. Dort gab es einen Muranoglasladen mit einer angrenzenden Werkstatt, den die Signora gern besuchte und in dem sie schon einige besondere Teile erworben hatte.

Stracciatella war nicht das erste Mal in Murano. Das Handwerk der Glasbläserkunst fand er faszinierend. Da die Signora die Katzen, die sie begleiteten, immer in eine Tasche steckte, konnten diese von dort aus alles bestens überblicken.

In den Werkstätten war es heiß und stickig. An jeder Ecke brannte ein Ofen. Die Männer standen, meist nur mit Unterhemden und Hosen bekleidet, in der glühenden Hitze. Schweiß bedeckte ihre Oberkörper, und auch die Gesichter und Haare waren verschwitzt und nass.

Jeder Glasbläser schien nicht nur ein vortrefflicher Handwerker, sondern auch ein echter Künstler zu sein. Er drehte das Glas über dem Feuer und brachte es dort in eine besondere Form.

Stracciatella beobachtete genau, wie auf diese Weise ein Weinglas entstand. Zwei Männer formten in getrennten Arbeitsschritten einen Teil des Glases. Der eine fertigte den Kelch, den eine filigrane Rosette zierte, der andere den Stiel, der auf einem gläsernen Blütenblatt befestigt wurde. Dann standen sich die beiden Künstler gegenüber und steckten beide Teile vorsichtig aneinander, bis sie miteinander verschmolzen und zu einem wunderschönen Glas wurden.

Signora Stiviso erzählte ihm einmal auf dem Weg zur Glasbläserei, dass die Venezianer vor langer Zeit die Färbung des Muranoglases wie einen Schatz vor Fremden hüteten. Es gab ganz bestimmte Algen, die dafür verwendet wurden. Um die geheime Rezeptur unter Verschluss zu halten, war vor vielen hundert Jahren die Glasbläserkunst von Venedig auf eine Insel ausgelagert worden, die man Murano genannt hatte.

Bevor Stracciatella um die Ecke rannte, die ihn zur Abkürzung führen sollte, kam er an einer herrlichen Pasticceria vorbei. Spontan blieb er stehen und wagte einen Blick in die Auslage.

Da lagen bepuderte Amarettiplätzchen, Arancia cioccolata, Orangen-Schokoladen-Stückchen, und feines Eierschaumgebäck. Stracciatellas Lieblingsleckerei waren die Ossi Venezia, duftende Nussplätzchen, die Signora Stiviso gern selbst backte.

Wenn sie die frischen Plätzchen aus dem Ofen holte, konnten die Katzen Glück haben und bekamen einige Stückchen ab. Der schokogesprenkelte Kater leckte sich mit der Zunge über die Schnauze. Sein Magen knurrte. Er hatte einen ausgewachsenen Katerkohldampf.

Plötzlich zuckte Stracciatella erschrocken zusammen. War das ein Kater, der da fauchte? Er warf einen Blick auf die Tür, doch da sah er nur einen Signore mit einem rosa getupften Schal und einem Hut, der lächelnd den Laden verließ.

»Strano«, maunzte Stracciatella, »der Abschiedsgruß des Mannes klang wie das Fauchen eines Katerriesen.«

Amüsiert und gleichzeitig erleichtert schüttelte er den Kopf.

»Diese Menschen! Manchmal sind sie uns Katzen ziemlich ähnlich.«

Er schlich am Laden entlang und um die nächste Hausecke herum. Hier war es ziemlich dunkel. Die Häuser standen eng beieinander, und die Sonnenstrahlen schafften es nicht, das Pflaster der Gasse zu erreichen. Mit bedächtigen Schritten bewegte sich Stracciatella vorwärts und horchte auf jedes Geräusch. Je tiefer er in die Gasse hineinging, desto leiser wurden die Klänge des normalen Alltagstreibens, das temperamentvolle Stimmengewirr und der Trittschall.

Er setzte sich für einen Augenblick in einen Hauseingang, um sich gewissenhaft umzusehen. Hier gab es viele Möglichkeiten für einen schlauen Kater, sich zu verstecken und einem anderen Artgenossen aufzulauern.

Da war zum Beispiel der Gondelladen schräg gegenüber.

Dort hatte sich Stracciatella schon des Öfteren herumgetrieben. Im Eingangsbereich lagerten dicke Holzstämme und ein altes Paddel. Ein herrlicher Geruch nach Holz, Öl und Leim drang animalisch duftend aus dem Laden heraus. Stracciatella setzte sich so aufrecht wie möglich, um durch das Fenster in die dahinter liegende Werkstatt zu schauen. Dort stand eine Gondel auf zwei Holzböcken, und daneben saß ein Mann mit einem Pinsel in der Hand. Er tunkte ihn vorsichtig in einen Topf, der neben ihm auf dem Tisch stand. Dann trug er die Flüssigkeit gewissenhaft auf. Auf dem vorderen Teil der Gondel thronten zwei goldene Löwen. Sie schauten Stracciatella grimmig an. Er schüttelte sich.

»Zum Glück sind die nicht gefährlich«, murmelte er.

Aber war in dieser Gasse vielleicht ein Kater unterwegs, der ihm übel mitspielen wollte und den er nicht bemerkte? Der gesprenkelte Kater schaute an den verwitterten Hauswänden entlang. Außer der gewohnten Szenerie bemerkte er nichts Auffälliges. Dennoch sagte ihm sein Instinkt, dass er auf der Hut sein musste.

Wachsam marschierte Stracciatella weiter. Nach wenigen Metern kam er zu dem Haus, dessen Hinterhof es zu überqueren und dessen hohe Mauer es zu überwinden galt. Vorsichtig schlich der Kater in den dunklen Hauseingang hinein. Er war wie ein Tunnel, der auf der anderen Seite in einen Hof mündete. Am Ausgang blieb der gesprenkelte Kater stehen und schaute sich aufmerksam um.

Einige Blumenkübel standen da und wurden von Bienen und Schmetterlingen besucht. Um die Häuserwände herum hing Wäsche und flatterte gemütlich im Wind. An der Hofwand lehnten Fahrräder; ein Handwagen stand auf der anderen Seite. Alles schien still zu sein. Stracciatella konnte keinen Störenfried entdecken. Er schlich an der rechten Seite entlang und wollte gerade zu einem mächtigen Satz auf einen Fahrradsattel ansetzen, der ihm den Sprung auf die Mauer erleichtert hätte, da hörte er ein zorniges Fauchen hinter sich. Ruckartig drehte er sich um und stand einem riesigen dunkelgrauen Kater gegenüber.

»Was willst du hier?«, keifte der sofort los und kam mit einem bösen Grinsen auf Stracciatella zu.

Der gesprenkelte Kater ging rückwärts. Eine andere Möglichkeit, dem großen Kater auszuweichen, sah er nicht.

Der Riese hatte den Kopf gesenkt, und Stracciatella sah bei jedem seiner Schritte genau, wie sich dessen Schultern kraftvoll bewegten. Ein Gegner zum Fürchten!

Wenn mir nicht irgendetwas Geniales einfällt, wie ich hier verschwinden kann, dann bin ich verloren, dachte der gesprenkelte Kater.

Der Graue trieb ihn vor sich her. Dieser hatte kaum die Möglichkeit, sich umzuschauen, und wäre fast gestolpert.

»Was soll das, Rossini?«, hörte der gesprenkelte Kater plötzlich eine Stimme, die er kannte. »Lass ihn in Ruhe, er gehört zu mir.«

Der graue Kater blickte sich um, und auch Stracciatella schaute überrascht in den Hofeingang. Da stand Burma und kam auf die beiden zu.

»Kollege«, maunzte der graue Kater Burma freundlich an und hieb ihm mit der Tatze auf den Rücken. »Was führt dich hierher, und was ist mit dem da?« Er fauchte böse zu dem gesprenkelten Kater herüber, sodass dieser sicherheitshalber erneut ein paar Schritte zurückwich.

»Spiel dich nicht so auf!«, meinte Burma mit ruhiger Stimme. »Stracciatella und ich, wir haben einen wichtigen Auftrag auszuführen. Bevor du hier rumlungerst und anderen Angst machst, komm lieber mit und lehr den Richtigen das Fürchten.«

»Klingt nach einer spannenden Mission. Um wen geht es?«

»Das erzählen wir dir unterwegs. D'accordo?«

»Wenn's sein muss.«

Der graue Kater blickte zu Stracciatella herüber, der noch immer höchst angespannt wirkte.

»Calmati, entspann dich! Ich bin Rossini, freut mich, dich kennenzulernen.« Er maunzte frech.

Stracciatella nickte nur und schaute fragend zu Burma hinüber.

»Rossini ist etwas ruppig, aber ganz in Ordnung. Er hat mir vor einiger Zeit sehr geholfen. Du kannst ihm vertrauen. Andiamo«, forderte er die beiden auf.

Dann sprang er, wie es Stracciatella zuvor hatte tun wollen, auf einen Fahrradsattel und von dort aus auf die Mauer. Die beiden anderen folgten ihm, erst Rossini, dann Stracciatella. Die drei Kater marschierten ein Stück auf der Mauerkrone entlang und sprangen dann auf die andere Seite in einen kleinen Garten hinunter. Jetzt war es nicht mehr weit bis zur Villa von Signora Stiviso.

22. Ld3–f5+ Kd7–e8

Esmeralda hat Lumacas letzten Zug vorausgesehen. Sie greift nun mit ihrem weißen Läufer an und bietet den König erneut ins Schach. Nun bleibt dem schwarzen König nichts anderes übrig, als sich zu verstecken.

Die Knöchel auf Lumacas Hand treten weiß hervor, so hasserfüllt umschließt sie die weiße Dame.

16. KAPITEL

Caruso lief aus dem Garten hinaus und führte Castello zielsicher zu den Steinen, zwischen denen sich der Knopf befand. Er kratzte an der Stelle herum und blickte immer wieder zu dem Ispettore hinauf.

»Schon gut, Kater, lass mal sehen!«

Castello bückte sich zu den Steinen hinunter. Dann entdeckte auch er den Knopf.

»Aha, was haben wir denn da? Vielleicht ein wichtiges Beweisstück?« Er schaute Caruso fragend an.

Der Meisterdetektiv nickte, denn er vermutete ja, dass der Knopf eventuell zu einem Kleidungsstück des Mörders gehören könnte.

Der Ispettore nahm ein Taschenmesser aus der Jackentasche und zog aus der einen Seite des Messers eine Pinzette heraus. Er kratzte an dem Knopf herum, und schließlich gelang es ihm, diesen aus der Ritze zu schnippen. Dann hielt er ihn gegen das Licht und untersuchte ihn genau.

»Interessantes Motiv, so etwas hat nicht jeder.« Dann nahm er ein Taschentuch, legte den Knopf vorsichtig hinein, faltete es sorgsam wieder zusammen und steckte beides in die Jackentasche zurück. Taschenmesser und Taschentuch steckte er in die Jackentasche zurück. Caruso maunzte zufrieden und sprang los, geradewegs in Richtung Signora Stivisos Villa. Castello folgte ihm. Er geriet reichlich aus der Puste und verlor Caruso aus den Augen, als dieser den schmalen Weg zur Villa einschlug. Doch der schlaue Kater eilte ein Stück zurück, dem Ispettore entgegen.

»Ich komme ja schon. Lauf doch nicht so schnell!«, rief dieser dem roten Meisterdetektiv schnaufend zu.

Nach einigen Minuten gelangten Caruso und Castello schließlich zum Campo Sant'Agostin.

»Was für ein schöner Platz«, murmelte der Ispettore. Seine Brust hob und senkte sich heftig. »Hier war ich ja schon seit einer Ewigkeit nicht mehr.«

Castello blieb an der Ecke zu Signora Stivisos Haus stehen, um erst einmal zu verschnaufen. Dabei atmete er den herrlichen Duft ein, der über den Platz strömte.

»Wunderbar.«

Für einen Augenblick hielt der Zauber ihn gefangen, und er hätte fast vergessen, warum er hergekommen war. Aber da spürte er wieder das Kratzen und Stupsen an seinem Bein.

Castello schaute aufmerksam in Carusos Augen. Deutlich spürte er die Anspannung des schlauen Katers.

»Du willst mir hier irgendwo etwas zeigen, stimmt doch, oder?«

Caruso nickte mit dem Kopf und schaute zu Signora Stivisos Garten hinüber.

»Willst du, dass wir da hineingehen? Wer wohnt denn da?«

Castello schob eine kleine Efeuranke beiseite, die das Namensschild auf dem Briefkasten der Signora verdeckte.

»Stiviso«, las er laut. Dann runzelte er die Stirn und zwirbelte nachdenklich an seinem Bärtchen.

»Den Namen habe ich doch schon einmal gehört.« Caruso stieß den Ispettore erneut an und rannte ein Stück des Wegs in Signora Stivisos Garten hinein. So forderte er den Ispettore auf, ihm zu folgen. Castello wollte gerade hinter Caruso den Garten betreten, da stürmten Massimo und Zorro über den Platz.

»Caruso, warte!«, maunzte der schwarze Kater. Er hatte den Meisterdetektiv sofort bemerkt.

Caruso rannte zum Gartentor zurück.

»Massimo, gut, dass ihr kommt! Was habt ihr herausbekommen?«

Er nickte dem unbekannten maskierten Kater flüchtig zu und wunderte sich gleichzeitig, wo Nunzio blieb. Er konnte ihn nirgends entdecken.

Ob der immer noch so niedergeschlagen durch die Gegend schleicht?, fragte er sich im Stillen.

Ispettore Castello war ebenfalls am Eingang des Gartens stehen geblieben. Er blickte sich erstaunt um, denn nun flitzten drei weitere Kater, aus der anderen Richtung kommend, über den Platz.

Auch Caruso schaute sich erstaunt, doch höchst zufrieden um, als er Stracciatella und Burma erblickte. Der gesprenkelte Kater hatte seinen Auftrag bestens ausgeführt. Er warf ihm einen freundlichen Blick zu. Aber wer war der unbekannte große graue Kater? Der war ihm auf den ersten Blick nicht ganz geheuer.

Nun kamen auch noch Rosanna und Renaldo herbeigerannt, die im Garten auf der Lauer gelegen hatten.

Alle sieben Katzen maunzten nahezu gleichzeitig los. Jeder wollte seine Informationen an den Meisterdetektiv weitergeben.

»Caruso ... Capo ... Caruso ...«

Es entstand ein lauter Katzenstimmentumult, den Caruso aber sogleich zu unterbinden wusste.

Er hob die rechte Pfote und forderte die aufgeregte Meute mit einem lauten »Zitti!« dazu auf, die Schnauzen zu halten.

Sie schauten ihn verwundert an, doch binnen weniger Sekunden herrschte Stille.

Auch Zorro und Rossini, die Caruso nur aus Erzählungen kannte, zollten ihm Respekt und setzten sich schweigend auf die Hinterpfoten.

Ispettore Castello beobachtete das Katzenschauspiel mit großem Interesse und echter Bewunderung für den schlauen feuerroten Kater.

Caruso schlich an seinen Kollegen vorbei, die nun im Halbkreis um ihn herumstanden.

»Katzenchaos können wir jetzt nicht gebrauchen. Ich muss so schnell wie möglich da hinein. Der Signore ist verschwunden und …«

»Der ist in der Villa!«, wurde er aufgeregt von Rosanna und Renaldo unterbrochen.

Caruso schaute die beiden streng an. Er konnte es nicht ausstehen, wenn man ihn beim Erzählen unterbrach. Allerdings war die Information von größter Wichtigkeit für ihn.

»Wir dürfen keine Zeit verlieren. Die Signora ist wahrscheinlich in höchster Gefahr.«

Er schaute von einem Kater zum anderen.

»Wo ist Nunzio?«, fragte er Massimo.

»Der hat sich verletzt und kommt nach.«

Erstaunt zog Caruso die Augenbrauen hoch.

»Ist es etwas Ernstes?«, fragte er knapp.

»No.«

»Bene.« Er nickte. »Ihr solltet mir Zorro bringen, schon vergessen?«

Der maskierte Kater trat einen Schritt nach vorn.

»Ich bin Zorro.«

Caruso sah ihn freundlich und mitfühlend an. »Ich habe gehört, was mit deiner Schwester passiert ist, kann dich aber beruhigen. Ich habe sie vorhin gesehen, und da hat sie geatmet. Sie kommt bestimmt durch.«

Zorro sprang erfreut auf alle viere.

»Santa Maria in cielo, grazie.«

»Sie ist da drinnen, bei Signora Stiviso. Mit dem toten Schachspieler hast du ja ganz schön was angestellt.«

»Ich wollte meine Schwester verteidigen.«

»Er ist nicht der Mörder«, schaltete sich nun Burma ein. »Ich habe alles beobachtet. Ich weiß, wer ihn kaltblütig umgebracht hat.«

Da hörte Castello aus dem Haus die laute Stimme eines Mannes.

Er wurde unruhig.

»Da geht irgendetwas vor. Ich muss in die Villa hinein.« Castello schaute Caruso ernst an und ging dann mit großen Schritten auf das Haus zu.

Auch Caruso hatte die tiefe Männerstimme gehört. Er nickte Burma zu.

»Du kommst mit, und ihr bleibt draußen«, befahl er Massimo, Stracciatella, Zorro, Renaldo, Rosanna und Rossini. »Ihr verteilt euch im Garten. Wenn der Signore flüchten will – haltet ihn auf!«

Die sechs Katzen fauchten begeistert. Nur allzu gern halfen sie dem Meisterdetektiv, den Täter zu stellen.

23. Lf5–d7+ Ke8–f8

Esmeralda zieht ihren Läufer sekundenschnell zum Angriff nach vorn.

Der König muss sich nun erneut zurückziehen. Dennoch wird er abermals angegriffen werden. Die Folge wäre ein Schachmatt.

Riccardo fegt wutentbrannt die Spielfiguren vom Brett.

17. KAPITEL

Die Tür war nur angelehnt. Castello hatte seine Beretta aus dem Schulterhalfter genommen und entsichert. Er hielt sie in der rechten Hand und betrat die Villa so leise wie möglich.

Caruso und Burma schlichen auf samtenen Pfoten unhörbar an ihm vorbei.

Der alte Signore war laut am Schimpfen.

»Ich lasse mich doch von dir nicht schachmatt setzen! Was musst du auch hinter mir herspionieren? Du lässt mir keine andere Wahl. Ich werde dich ... Ich werde dich ...«

Jetzte hörte Castello einen heftigen Nieser. Dann wurde es beängstigend still. Der Ispettore befürchtete, dass jeden Moment etwas passieren würde. So schnell und unauffällig wie möglich eilte er zum Wohnzimmer hinüber. Dort sah er den Signore, der sich ein Taschentuch vor Mund und Nase hielt. Er öffnete gerade das Fenster und atmete erleichtert die frische Luft ein.

Der hat ein allergisches Problem, dachte Castello.

Der Ispettore musterte den Mann von oben bis unten. Zum Glück konnte er keine Waffe entdecken.

Auf einem Stuhl saß in sich zusammengesunken Signora Stiviso. Castello erkannte die alte Dame wieder, der er am Tatort die verletzte dicke Katze in den Arm gelegt hatte. Kostbar verzierte Schachfiguren lagen auf dem Boden verstreut. Im ganzen Raum wimmelte es von Katzen. Und sogleich erblickte der Ispettore auch seine geliebte Camilla. Doch er gab ihr ein Zeichen, auf der Fensterbank sitzen zu bleiben. Natürlich verstand sie ihn sofort.

»Nehmen Sie die Hände hoch!«, befahl er nun mit energischer Stimme dem Mann und streckte ihm die entsicherte

Pistole entgegen. Er ging lieber auf Nummer sicher, denn vielleicht hatte der Kerl doch irgendwo eine Waffe stecken.

Der Signore hatte den Ispettore nicht kommen hören und drehte sich überrascht zu ihm um. Als er die Pistole sah, verlor sein Gesicht jegliche Farbe. Plötzlich sah er ganz greisenhaft aus. Alle Kraft schien ihn zu verlassen. Doch er hob wie befohlen die Hände.

Castello war überrascht, einen so alten Mann vor sich zu sehen. Irgendwie kam er ihm bekannt vor.

Der bricht mir gleich tot zusammen, dachte er, hielt die Waffe aber weiterhin auf ihn gerichtet.

»Was geht hier vor?«, fragte er die Signora und den Signore, der ihn kreidebleich anstarrte.

Die alte Dame saß noch immer unbewegt auf ihrem Stuhl.

Womöglich hat sie einen Schock erlitten, überlegte Castello, der sich wunderte, dass sich die Signora über sein Erscheinen nicht erfreut zeigte.

Plötzlich stand sie auf, ohne ihn anzublicken, und ging mit ernster Miene zu ihrem Sessel hinüber. Dort nahm sie Brunhilda vorsichtig hoch und legte sie sich sachte auf den Schoß.

Der alte Mann beobachtete genau, was sie tat. Seine verkrampfte Haltung lockerte sich ein wenig.

»Wir haben Schach gespielt, ist das verboten?«, fragte er dann Castello herausfordernd.

Der Ispettore fixierte den Signore und bemerkte die auffällig verzierten Knöpfe an dessen Jacke. Der unterste fehlte. Er erkannte das Motiv sofort wieder. Es war das gleiche wie auf dem Knopf, den er in sein Taschentuch eingewickelt hatte. Castello steckte die Hand in die Tasche und zog vorsichtig den Knopf hervor.

»Ich habe etwas am Tatort gefunden, das Ihnen gehört.«

Er hielt den Knopf hoch und drehte ihn nach allen Seiten, damit jeder ihn sehen konnte. Ein unwirsches Gemaunze erhob sich unter den Katzen.

»Seht nur, das ist einer seiner Knöpfe!«

»Mistkerl, er ist's bestimmt gewesen!«

»Zitti!«, wies Caruso die aufgebrachte Meute zurecht.

»Was für ein Tatort denn?«

»Stellen Sie sich nicht so dumm!« Castello war inzwischen eingefallen, wo er den Mann schon einmal gesehen hatte. »Ein Schachspieler ist hinter dem Hotel *Pettirosso* ermordet worden, und Sie haben dort vorhin neugierig herumgestanden.«

Der Signore grinste nur und ging darüber hinweg.

»Oh, mein Knopf! Mille grazie, den habe ich schon vermisst. Ich muss ihn verloren haben.«

»Vielleicht während Sie einen Mann umgebracht haben?«

Castello wusste genau, dass er sich auf ganz dünnem Eis bewegte und gegen den Typ rein gar nichts in der Hand hatte.

Der lachte nur abfällig.

»Seien Sie nicht albern! Wieso sollte ich jemanden umbringen? Ich bin Schachspieler und kein Killer. Außerdem können Sie mir gar nichts nachweisen.«

Dieser Aussage entnahm Castello, dass der Mann sehr wohl etwas zu verbergen hatte. Hilfesuchend schaute sich der Ispettore nach Caruso um.

Der Meisterdetektiv und Burma hatten sich unbemerkt bis zu Camilla herangeschlichen. Außer Blicken hatten sie aber noch keine Informationen ausgetauscht. Doch jetzt konnte sich Burma nicht mehr zurückhalten.

»Das ist er, das ist der Mörder!«, fauchte er in Richtung des alten Signore. »Ich habe ihn bei seiner Tat beobachtet.«

Die anderen Katzen sprangen aufgeregt von ihren Plätzen herunter.

»Machen wir ihn fertig!«, kreischten sie.

»Mörder!«

»Halten Sie die Viecher zurück!«, schimpfte nun der alte Mann, der genau spürte, wie es unter den Katzen brodelte.

»Ich gehe jetzt.«

Er nahm langsam die Arme nach unten. Castello ließ es geschehen, denn er sah, dass der Mann am Ende seiner Kräfte war. Schweißperlen glänzten ihm auf der Stirn. Außerdem machte er nicht den Anschein, als wolle er eine Waffe ziehen.

»Das können wir nicht zulassen«, entschied Caruso. »Was ist mit dem Papageien da drüben?«, fragte er Camilla. »Spricht der?«

»Das ist Bartolomeo, und er kann sehr wohl sprechen. Er ist allerdings beleidigt.«

Caruso sprach sogleich auf den Papagei ein.

»Ciao, Bartolomeo, du bist der Einzige, der zwischen Mensch und Tier vermitteln kann. Der Kerl ist ein übler Verbrecher. Der Ispettore kann ihm aber nichts nachweisen, weil der Mann zu schlau ist und keine Fehler macht. Wir müssen Castello helfen, damit der Mörder seine gerechte Strafe bekommt. Du musst dem Ispettore sagen, dass der alte Signore der Täter ist. Du hast doch gehört, was Burma gesagt hat. Er war bei dem Verbrechen dabei und wurde Zeuge des Mordes.«

Der Papagei tat für einen weiteren Moment, als interessiere ihn das alles nicht.

»Komm schon, Bartolomeo, tu es für die Signora! Zwischen ihr und dem alten Mann scheint doch auch etwas nicht zu stimmen. Du siehst doch, dass sie große Angst vor ihm hat. Vergiss deinen Stolz und hilf uns!«

Die letzten Worte hatte Caruso sehr forsch hervorgebracht. Bartolomeo drehte sich ganz langsam zu Caruso um und schaute ihn und den alten Mann an.

Dann legte er den Kopf schief und krächzte: »Pronto, pronto!«

Der Signore trat nun mit dem Fuß wütend gegen den Käfig, sodass der Papagei von seiner Stange fiel.

»Ich habe dir doch gesagt, du sollst die Klappe halten.«

Das war zu viel für Bartolomeo. Er öffnete den großen Schnabel, auf den er besonders stolz war, und schimpfte mit lauter Stimme: »Mörder, Mörder!«

Auch die Katzen schlossen sich ihm an und fauchten mit finsteren Mienen: »Mörder, Mörder!«

Der alte Signore war kurz davor, die Fassung zu verlieren. Er hielt sich die Hand an die Brust und atmete tief durch. Dann protestierte er.

»Sie glauben doch wohl nicht, was so ein blöder Vogel erzählt.« Seine Stimme klang böse und voller Verachtung. Doch Castello hörte auch die Unsicherheit, die darin mitschwang.

»Sie können mir nichts, aber auch gar nichts nachweisen«, beharrte der Mann.

»Wo waren Sie gestern Abend gegen dreiundzwanzig Uhr?«

»Ich habe Schach gespielt«, antwortete der Mann, ohne eine Sekunde zu zögern, und musste dann kräftig niesen.

Castello rang mit sich. Er wusste, dass er den Signore nicht länger festhalten konnte.

Er wollte gerade entmutigt die Waffe senken, da hörte er die leise Stimme von Signora Stiviso.

»Es stimmt nicht, was Riccardo da sagt. Er hat zu der Zeit nicht Schach gespielt.«

Sie strich Brunhilda über den Kopf, die die Augen leicht geöffnet hatte und die alte Dame ansah. Jedes Wort der Signora schien an die Katze gerichtet zu sein. Doch für Castello war es eine wichtige Aussage.

»Der feine Herr dort drüben ist der Mörder«, fuhr sie fort. »Er hat den Mann am Kanal umgebracht. Ich habe alles von meinem Fenster aus beobachtet.«

Für einen Augenblick hatte der Ispettore den alten Signore aus den Augen gelassen. Dieser hatte sich auf die Fensterbank gesetzt. Nun schwang er unerwartet die Beine nach draußen und sprang geschickt in den Garten hinunter.

Castello konnte nicht schnell genug reagieren. Er war völlig überrascht, mit welcher Gelenkigkeit der alte Mann versuchte, sich davonzumachen.

Zum Glück erfassten Caruso und Camilla die Situation sofort und sprangen dem Signore hinterher. Castello atmete erleichtert auf. Er war sich sicher, dass der Mann nicht weit kommen würde.

Massimo, Rossini und die anderen Katzen, die draußen auf der Lauer lagen, hatten alles genau beobachtet. Ihr fauchender Überraschungsangriff kam für den Flüchtenden völlig unerwartet. Er stolperte und fiel der Länge nach hin. Caruso und Camilla setzten ihm von beiden Seiten mit fauchenden, gefletschten Mäulern zu. Die Beine und Arme, mit denen er sich zu befreien versuchte, hielten Massimo, Rossini, Stracciatella und Zorro im Zaum.

Der Signore fluchte und jammerte. Schließlich kam Ispettore Castello eilig aus dem Haus. Er drehte den alten Signore schweigend auf die Seite und legte ihm Handschellen an. Dann lehnte er ihn gegen einen Hortensienkübel. Castello nickte zufrieden und nutzte die Gelegenheit, Camilla, die an seinem Hosenbein vorbeistrich, dankend über den Kopf zu streichen. Doch seine Katze hatte Besseres zu tun. Sie flitzte zu Caruso und schmiegte sich maunzend an seinen warmen Körper.

»Na, ihr zwei, ohne euch wäre ich mal wieder völlig aufgeschmissen gewesen. Mir will scheinen, als hätte der feine Signore noch mehr Dreck am Stecken. Was meint ihr?« Castello zwirbelte nachdenklich sein Bärtchen.

»Pah«, entfuhr dem alten Mann ein kehliger Laut, und er blickte den Ispettore mit verschmutztem Gesicht böse an. Dann sank ihm der Kopf erschöpft auf die Brust.

»Lass uns gehen«, maunzte Caruso leise Camilla zu. »Den Rest muss dein Ispettore selbst herausbekommen. Ich weiß ein feines Plätzchen, wo ich jetzt gern mit dir verweilen möchte.«

Der Meisterdetektiv schnurrte den Ispettore freundlich an und streckte sich. Dann blickte er zufrieden zu seinen Katzenkollegen hinüber und nickte ihnen anerkennend zu.

»Buon lavoro, amici miei, das war eine gute Zusammenarbeit.«

Schließlich gab er Camilla einen liebevollen Stups mit der Nase und stolzierte mit ihr davon, quer über den herrlich duftenden Campo Sant'Agostin.

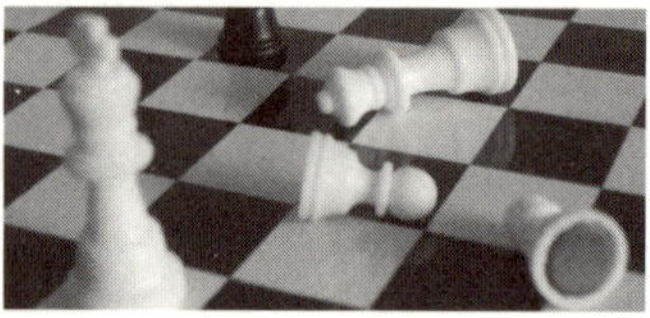

24. La3xe7++

Mit diesem Zug von Esmeralda wäre Riccardo Lumaca schachmatt gewesen:

Der weiße Läufer schlägt den schwarzen Springer und bedroht gemeinsam mit dem anderen Läufer den schwarzen König.

Schachmatt!!

Obwohl Lumaca nur einen einzigen Zug hätte ausführen müssen, um Esmeralda schachmatt zu setzen, war es für ihn nicht möglich, sich der eigenen Niederlage zu entziehen. Er selbst war es gewesen, der Esmeralda zu einer hervorragenden Schachspielerin gemacht hatte.

EPILOG

Die Kunde von Carusos Erfolg, dem Mörder Riccardo Lumaca auf die Schliche gekommen zu sein, und dessen Festnahme durch Ispettore Castello verbreitete sich wie ein Lauffeuer unter den Katzen und Menschen Venedigs.

Die Venezianer feierten die Katzen, die Lumaca schließlich überwältigt hatten, als Helden. Die Gazetten waren angefüllt mit Fotos und euphorischen Artikeln, die die Schlauheit der Vierbeiner lobten.

Das machte alle sehr stolz, und sie ließen Caruso hochleben, ihren Capo, dem sie diese Anerkennung zu verdanken hatten.

Caruso hatte sich mit Camilla für einige Tage auf den Balkon einer alten Villa zurückgezogen, deren Besitzer vorübergehend nicht anwesend waren. Limonensträucher und Rosentöpfe verbreiteten einen herrlichen Duft. Eine gemütliche Bank mit vielen Kissen lud zum Schlafen und Hineinkuscheln ein.

Glücklich, sie wieder zu haben, genoss Caruso die Nähe seiner Gefährtin. Er schnurrte und schmuste zärtlich und ungestört mit ihr.

Da Camilla ihre Pfote noch immer nicht richtig belasten konnte, versuchte Caruso, ihr jede Art von Mühe und Anstrengung abzunehmen. Täglich flitzte er los, um ihr beim Fischmarkt einen Hering zu stibitzen, den sie so gern aß.

Bei einem seiner Ausflüge hatte er bemerkt, dass die Tür zum Keller der alten Villa nur angelehnt war. Neugierig schlüpfte er hinein und entdeckte zu seiner Überraschung eine Schale, randvoll mit Milch gefüllt, und eine weitere mit duftenden Fleischhäppchen. Sicher war dieses feine Mahl für die Hauskatze der Villa gedacht, doch als sich diese auch am nächsten Tag ihr Fresschen nicht abholte, ließen Caruso und Camilla sich die Leckereien schmecken.

Massimo hielt nicht viel von dem übertriebenen Gesäusel der Menschen. Er zog sich ins Dorsoduro-Viertel zurück und hoffte auf den nächsten Kampf mit einem gleichwertigen Artgenossen. Außerdem hatte er Sehnsucht nach seiner Raffaela und freute sich auf sanfte Streicheleinheiten von ihr.

Die schöne Kurtisane hatte sich jedoch mit Burma davongeschlichen und turtelte mit ihm in einem großen Park. Auch Burma wurde von den anderen Katzen für seinen Mut und seine Tapferkeit bei der Aufklärung des Mordfalls gefeiert. Er wurde offiziell in Carusos Gang aufgenommen. Dass sein Herrchen ein Verbrecher war, erwähnten sie höchstens noch ganz heimlich. Wenn sie ihn trafen, maunzten sie ihn mit »Sir Burma« an.

Nunzio blieb eine ganze Weile bei Signora Stiviso und ließ sich die schmerzende Pfote behandeln.

Er war bei ihrer Villa angekommen, als Riccardo Lumaca zusammengesunken am Boden lag. Hinkend war Nunzio an ihm vorbeigestolpert und hatte flüchtig Massimo gegrüßt, der ihm entgegengesprungen war. Nunzio hatte aber nur Brunhilda im Sinn und wollte wissen, ob sie wirklich noch am Leben war. Als er sie auf dem Sessel der alten Dame entdeckte und ruhig atmen hörte, entfuhr ihm ein Jauchzer des Glücks. Er umschnurrte und liebkoste sie freudig und ließ sie nicht mehr aus den Augen.

Brunhilda erholte sich von Tag zu Tag mehr und war von der Liebe Nunzios und seiner Fürsorge und Zärtlichkeit überwältigt. Sie verliebte sich heftig in ihn.

Zu seinem großen Erstaunen war sie von seiner hohen Stimme begeistert. Manches Mal saßen sie dicht beieinander am Canal Grande, schauten in den Vollmond und sangen verträumt in die Nacht hinein.

Zorro war glücklich, dass es seiner Schwester wieder gut ging. Voller Hochachtung vor dem schlauen Meisterdetektiv schloss er sich Caruso und seiner Gang an, ebenso wie Stracciatella und Rossini. Der maskierte Kater wollte sich auch weiterhin für das Gute einsetzen und Caruso beim Aufklären von Menschenverbrechen helfen.

Ispettore Castello wurde zu einem Vieraugengespräch ins Büro seines Chefs zitiert. Er war höchst überrascht, als Venuto ihn mit einem Lächeln empfing, ihm anerkennend auf die Schulter klopfte und offenbarte, dass er zum Vice Commissario befördert würde. Castello hatte bisher keinen allzu großen Wert auf seinen Titel gelegt. Obwohl er Ispettore Superiore war, ließ er sich immer nur mit Ispettore anreden. Die Beförderung zum Vice Commissario machte ihn trotzdem sehr stolz.

Der getötete Leandro Machelnikov war der Bruder eines Freundes von Lumaca, der bei der Entführung von Esmeralda Stiviso mitgeholfen hatte. Dieser Enrico Machelnikov war mit seinem Anteil des Lösegelds in einem kleinen sizilianischen Fischerdorf untergetaucht. Dummerweise erkannte man ihn dort auf Fahndungsplakaten, und er wurde verhaftet, verurteilt und ins Gefängnis gesteckt.

Enrico Machelnikov konnte das Eingesperrtsein nicht ertragen. Nach zwei Fluchtversuchen und Bestrafung durch Einzelhaft verabschiedete er sich mit einem Brief von seinem Bruder und seinem trübsinnigen Leben. Er erhängte sich nachts mit zusammengeknoteten Streifen seines Bettlakens in der Zelle.

In dem Abschiedsbrief beschuldigte er Lumaca, ihn zu der Entführung Esmeralda Stivisos angestiftet zu haben. Von diesem Tage an schwor Leandro Machelnikov, den Freitod seines Bruders zu rächen.

Es dauerte viele Jahre, bis er Lumaca fand.

Leandro Machelnikov war nach Russland zurückgekehrt, in das Heimatland seines Vaters und seiner Kindheit. Er hatte sich dort als hervorragender Schachspieler einen Namen gemacht. Aus der Zeitung erfuhr er, dass Lumaca ebenfalls ein hochgelobter Schachspieler geworden war. Mit zwiespältigen Gefühlen verfolgte er dessen Laufbahn. Einerseits war er noch immer voller Verachtung, dennoch hegte er eine gewisse Bewunderung für dessen taktisches Können im Schachspiel. Als er erfuhr, dass Lumaca an einer wichtigen Meisterschaft in Venedig teilnehmen würde, meldete er sich ebenfalls an.

Am ersten Abend lauerte er Lumaca mit einer Waffe in dessen Zimmer auf. Er wollte ihn nicht umbringen, er verlangte nur von ihm, dass er die nächste Runde verlöre, die sie gegeneinander spielen würden. Leandro Machelnikov wollte damit das Ansehen schmälern, das Lumaca in Schachkreisen genoss. Er wusste, dass er ihn damit empfindlich treffen würde. Lumaca, der den Bruder seines ehemaligen Kumpels wiedererkannte, hatte nur hämisch gelacht.

Am selben Abend brachte er seinen Widersacher kaltblütig um.

Nach Lumacas Fluchtversuch war Signora Stiviso in den Garten hinausgeeilt. Als er dort am Blumenkübel lehnte, hatte sie dem alten Verbrecher sekundenlang in die Augen geblickt. Plötzlich hatten ihre Lippen Worte geformt, die sie dann leise aussprach.

»Geh zum Teufel.«

Castello, der in ihrer Nähe stand, vernahm genau, was sie gesagt hatte.

Esmeralda atmete plötzlich tief aus, als sei eine drückende Last von ihr gefallen.

»Kommt!«, sagte sie schließlich zu ihren Katzen, wandte sich um und kehrte in ihre Villa zurück. Kurz darauf sank Lumaca in sich zusammen. Er erlangte das Bewusstsein nicht wieder. Sein Herz blieb wenige Stunden später stehen.

Von diesem Tage an sprach die Signora wieder. Ihre Aussage über das Verbrechen Lumacas und ihre Entführung wurde zu Protokoll genommen. Auch weiterhin kümmerte sie sich um die venezianischen Katzen, die zu ihr kamen. Unter den Vierbeinern hatte sich schnell herumgesprochen, wie freundlich Esmeralda Stiviso mit ihren Artgenossen umging.

Als ihr Ispettore Castello von Lumacas Tod berichtete, nickte sie nur still. Sein Tod war für Esmeralda eine Erleichterung. Sie spürte, dass die Angst und Enge, die sie seit ihrer Kindheit gespürt hatte, von ihr wichen und immer mehr schwanden. Ihre Seele hatte sich wieder befreit.

Sie fragte sich sehr oft, ob ihre Entführung einen Sinn gehabt hatte.

Die große Liebe zu den Katzen und die Begeisterung für das Schachspiel waren in ihr geweckt worden. Seltsamerweise war Lumaca ein Verbrecher gewesen, durch den sie zu einer hervorragenden Schachspielerin wurde, und dies ausgerechnet zu einem Zeitpunkt, da ihr schwerstes Unrecht widerfahren war.

Manchmal, wenn sie über all dies nachdachte, pflegte sie ihre Gedanken zu beschließen, indem sie vor sich hin flüsterte: »Schachmatt, Lumaca!«

PERSONENREGISTER

CARUSO: Capo der Katzengang und Meisterdetektiv von Venedig; er hat bernsteinfarbene Augen, eine schmelzende Baritonstimme, ein rotes Fell und eine schwarze Schwanzspitze

CAMILLA: Katze des Ispettore und Gefährtin von Caruso; sie ist klein, mager, unauffällig und hat ein graues Fell; unter den Augen hat sie dunkle Ringe; sie ist klug und verlässlich, nicht eitel und nicht zickig; sie hat eine sanfte, außergewöhnliche Stimme

CARUSOS GANG:

ORNELLA: die grazile und edle schwarze Schönheit mit den funkelnden grünen Augen

FREDO: der Eifrige und Flinke mit den weißen Socken

ROSSI: der Rote mit dem grau getupften Bauch

CORRIERE: der flinke kleine Katzenbote; er ist Ornellas Freund

FRANCO: der Unscheinbare, aber Schlaue

ALFONSO: der Kleine, der aussieht, als hätte er eine schwarzweiß geringelte Hose an

TARQUINIO: der graue Schwerenöter

RENALDO: der Kühne, Schlaue, Erfahrene mit dem wachsamen Blick, der gute, schnelle und hohe Sprünge machen kann; er ist groß und schlank, hat hellbraunes Fell, einen buschigen Schwanz und dunkle Streifen auf dem Rücken und an den Beinen

MARCO: der edle Braune

UNO: der Einäugige mit dem getigerten Fell, der ruhig und besonnen ist

SIR BURMA: Zeuge des Verbrechens; er hat ein schokobraunes Fell, funkelnde grüne Augen, ist ein Glücksbringer und hat einen langen Stammbaum; seine Vorfahren lebten in burmesischen Tempeln und galten als Glückskatzen; seitdem sein Herrchen ein Verbrechen beging, streunt er durch Venedig

RAFFAELA: die schlanke weiße Katzenkurtisane mit den kleinen Ohren und den dunklen Augen; sie ist feinsinnig

FRATELLI NERI:

MASSIMO: der große, wüste, struppige Ganovenkater

NUNZIO: der schwarze Cousin von Massimo; er hinkt, ihm fehlt das rechte Ohr, und er hat grüne Augen und eine ungewöhnlich hohe Stimme

FLORINDA: kleine, zierliche braune Katze

EMILIA: pummelige braune Katze

MIMI: schüchterne Katze mit langen Beinen

PIMPINELLA: schöne schwarze Katze mit seidigem Fell

ROSANNA: hellbraune Katze mit großen Ohren; sie ist eher unscheinbar, aber freundlich und aufmerksam

GUSTAVO: alter grauer Kater mit gelocktem Haar

AMOROSA: kleine, pummelige weiße Katze

COSMO: hat immer einen flotten Spruch auf den schmalen Katerlippen

ROSSINI: großer dunkelgrauer Kater

LARGO: hellbrauner Kater mit kurzen Beinen

STRACCIATELLA: sportlicher Kater, besonnen, mutig und kraftvoll; er ist schwarz-weiß gesprenkelt

GIGERMO: vorwitziger getigerter Kater

FENZO, auch ZORRO genannt: weißer, maskierter, mutiger Kater; stolz und abenteuerlustig; er ist der Bruder von Brunhilda

BRUNHILDA: dicke, weißbraun melierte Katze mit langem, dichtem Fell; sie ist Zorros Schwester und hat eine wunderschöne Stimme

CASTELLO: Ispettore mit Oberlippenbärtchen; er trägt eine Nickelbrille

BENEDETTO VENUTO: Castellos Chef; er hat eisblaue Augen und einen runden Kopf mit spärlichen weißen Haaren; ein kleiner, kräftiger und sportlicher Signore

FENATI: ist von der Spurensicherung, Castellos Assistent; er hat buschige Augenbrauen

BARDOLINO: Castellos Assistent

ANNABELLA OSO: Signorina von der Pathologie

SIGNOR CAVALLO: Direttore vom Hotel *Pettirosso*

EMANUEL: ist für den Zimmerservice zuständig

RICCARDO LUMACA: Mörder, Entführer, Schachspieler; ein alter Signore mit einer breiten Narbe über dem rechten Auge; er hat einen verschlagenen, bösen Blick und stechende grüne Augen, die eng beieinander stehen; seine Nase ist groß, und der Mund, um den es immer zuckt, wenn er unsicher ist, ist schmallippig; die Haare sind weiß und die Hände fleischig; er hat ein breites, kantiges Kinn mit einer tiefen Furche

SIGNORA ESMERALDA STIVISO: wurde als Kind entführt und redet seitdem nur noch mit ihren Katzen; sie hat vergissmeinnichtblaue Augen; die weißen Haare sind im Nacken zu einem Knoten zusammengesteckt; sie hat eine leicht gebogene Nase, auf der eine Brille sitzt; Nöte und Sorgen zeichnen sich auf ihrem faltigen Gesicht ab; die alte Dame hat eine angenehme Stimme; ein besonderes Merkmal ist der Leberfleck auf ihrem Ohrläppchen; Signora Stiviso ist eine gute Schachspielerin

BARTOLOMEO: Papagei von Signora Stiviso

ENRICO MACHELNIKOV: Entführer

LEANDRO MACHELNIKOV: ermordeter Schachspieler

GLOSSAR

a presto	bis zum nächsten Mal
accidenti	verflixt
ah, davvero	ach so
al diavolo	zum Teufel
amici miei	meine Freunde
amorino	Liebling
assassino	Mörder
attenzione	hört zu
bassotto	Dackel
bellissima	du Schöne
bene	gut
bestia	Bestie
bestiaccia	Mistvieh
borghesuccio	Spießer
bravissima	du Gute
buon giorno	guten Tag
buon lavoro	gute Arbeit
buona fortuna	viel Glück
cagnaccio schifoso	Scheißköter
calle	Gasse
calmati, amore mio	beruhige dich, mein Liebes
capisci?	verstehst du?
capito?	verstanden?
capo	Anführer, Chef
carissima	du Gute
che schifo	pfui Teufel
che strano	wie sonderbar
chiamata	Aufruf, Anruf

ciao	hallo/tschüs
come stai	wie geht es dir?
Commissario	Kommissar
così	so
cucina	Küche
d'accordo	einverstanden
di che cosa si tratta?	worum geht es?
Dio mio	mein Gott
dottore	Arzt
ecco	da
evviva Caruso	es lebe Caruso
famiglia	Familie
fantastico	phantastisch
finalmente	na endlich
Fratelli Neri	Schwarze Brüder
fratello	Bruder
gatto rognoso	räudige Katerplage
giardini	Gärten
gigantesco	gigantisch
giorno	Tag
gondoliere	Gondelführer
grazie	danke
grazie a Dio	Gott sei Dank
idiota	Idiot
imbroglione incallito	übler Schurke
impossibile	unmöglich
in effetti	tatsächlich
in nessun caso	auf keinen Fall
incredibile	unglaublich
io sono sicuro	ich bin mir sicher

io sono tedesco	ich bin Deutscher
ispettore	Inspektor
la più bella micina di tutte	schönstes Miezchen von allen
ladro sfigato	übler Dieb
luglio	Juli
lumaca	Schnecke
maledetto	Verdammter
maledizione	verdammt noch mal
meraviglioso	wunderbar
mi scusi / scusami	entschuldigen Sie / entschuldige
mi sono perduta	ich bin verloren gegangen
micina mia	mein Kätzchen / Miezchen
micini miei	meine Kätzchen / Miezchen
mille grazie	vielen Dank
naturalmente	natürlich
nessun'idea	keine Idee
nessun problema	kein Problem
no	nein
oh, meraviglioso	oh, wunderbar
pasticceria	Konditorei
per favore	bitte
per l'amor di Dio	um Gottes willen
perché	warum
perdente	Verlierer
pescheria	Fischmarkt
pettirosso	Rotkehlchen
piazza del paradiso	paradiesischer Platz
Polizia	Polizei
ponte	Brücke
povera micina	armes Kätzchen

poverino	Armer
pronto	hallo
Santa Maria in cielo	heilige Maria im Himmel
santo cielo dei gatti	heiliger Katzenhimmel
santo patrone	heiliger Schutzpatron
sciocchezze	Unsinn
scusa	Entschuldigung
sì	ja
sì, andiamo	gut, gehen wir
signor(e)	Herr
signora	Dame
Signore in cielo	Gott im Himmel
strano	seltsam
strano tipo	seltsamer Typ
taglia la corda, gattaccio maledetto buono a nulla	hau ab, verdammt nichtsnutziges Katervieh
tesoro	Schatz
tesoruccio mio	mein Schätzchen
ti amo	ich liebe dich
tuttavia	jedoch
un momento	einen Moment
un morto	ein Toter
va bene	in Ordnung / schon gut
vecchio ladrone	alter Gauner
vedere	sehen
veloce	schnell
Venezia	Venedig
venite con me	kommt mit mir
zitto / zitti	sei still / seid still

DIE IMMERGRÜNE PARTIE

Das Duell zwischen Esmeralda Stiviso und Riccardo Lumaca geht auf eine Schachpartie zwischen Jean Dufresne und Adolf Anderssen zurück. Sie wurde 1852 in Berlin gespielt und wird auch die »Immergrüne Partie« genannt.

1.	e2–e4	e7–e5
2.	Sg1–f3	Sb8–c6
3.	Lf1–c4	Lf8–c5
4.	b2–b4	Lc5xb4
5.	c2–c3	Lb4–a5
6.	d2–d4	e5xd4
7.	0–0	d4–d3
8.	Dd1–b3	Dd8–f6
9.	e4–e5	Df6–g6
10.	Tf1–e1	Sg8–e7
11.	Lc1–a3	b7–b5
12.	Db3xb5	Ta8–b8
13.	Db5–a4	La5–b6
14.	Sb1–d2	Lc8–b7
15.	Sd2–e4	Dg6–f5
16.	Lc4xd3	Df5–h5
17.	Se4–f6+	g7xf6
18.	e5xf6	Th8–g8
19.	Ta1–d1	Dh5xf3
20.	Te1xe7+	Sc6xe7
21.	Da4xd7+	Ke8xd7
22.	Ld3–f5+	Kd7–e8
23.	Lf5–d7+	Ke8–f8
24.	La3xe7++	

DIE SCHACHNOTATION

K	König
D	Dame
S	Springer
T	Turm
L	Läufer
–	Bauer (z. B. e2–e4)

e2–e4	Der Bauer zieht von e2 nach e4
Db3xb5	Die Dame zieht von b3 nach b5 und schlägt dort eine Figur
0–0	Kurze Rochade
Lf5–d7+	Der Läufer zieht von f5 nach d7 und bietet dort Schach
La3xe7++	Der Läufer zieht von a3 nach e7, schlägt dort eine Figur und setzt den gegnerischen König schachmatt

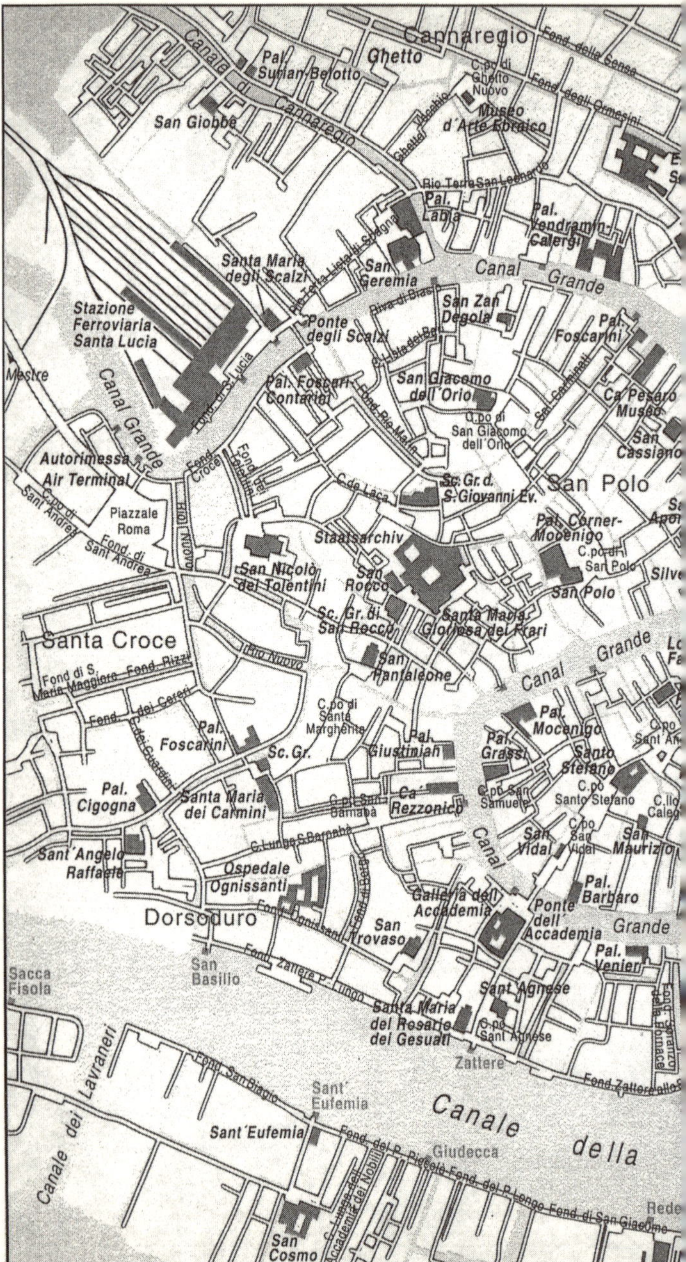
Cannaregio
Ghetto
Pal. Surian-Belotto
Canale di Cannaregio
San Giobbe
Museo d'Arte Ebraico
Fond. della Sensa
Fond. degli Ormesini
Rio Terra San Leonardo
Pal. Labia
Pal. Vendramin-Calergi
Santa Maria degli Scalzi
San Geremia
Canal Grande
Stazione Ferroviaria Santa Lucia
Ponte degli Scalzi
San Zan Degola
Pal. Foscarini
Mestre
Pal. Foscari Contarini
San Giacomo dell'Orio
Ca' Pesaro Museo
San Cassiano
C.po di San Giacomo dell'Orio
Autorimessa Air Terminal
Piazzale Roma
Sc. Gr. d. S. Giovanni Ev.
San Polo
Pal. Corner-Mocenigo
Staatsarchiv
San Nicolò del Tolentini
San Rocco
C.po di San Polo
San Polo
Sc. Gr. di San Rocco
Santa Maria Gloriosa dei Frari
Santa Croce
Rio Nuovo
San Pantaleone
Canal Grande
C.po di Santa Margherita
Pal. Mocenigo
Pal. Foscarini
Sc. Gr.
Pal. Giustinian
Pal. Grassi
Santo Stefano
C.po Santo Stefano
Pal. Cigogna
Santa Maria dei Carmini
C.po San Barnaba
Ca' Rezzonico
C.po San Samuele
San Vidal
San Maurizio
Sant'Angelo Raffaele
C. Lunga S. Barnaba
Ospedale Ognissanti
Pal. Barbaro
Galleria dell'Accademia
Ponte dell'Accademia
Dorsoduro
San Trovaso
Pal. Venier
San Basilio
Sacca Fisola
Sant'Agnese
Santa Maria del Rosario dei Gesuati
C.po Sant'Agnese
Zattere
Canale dei Lavraneri
Fond. San Biagio
Sant'Eufemia
Sant'Eufemia
Canale della Giudecca
San Cosmo

Canale delle Navi
Cimitero
San Michele
San Michele
Fond. Nuove
Fond. Nuove
Fond. Nuove
Santa Maria Valverde
Santa Maria Assunta dei Gesuiti
Fond. dei Mendicanti
San Lazzaro dei Mendicanti
Ospedale Civile
Santi Apostoli
C.po dei SS. Apostoli
S.Maria dei Miracoli
Sc. Gr. di San Marco
Ca' da Mosto
Teatro Malibran
C.po SS. Giov. e Paolo
San Zanipolo
Celestia
Fondaco dei Tedeschi
Castello
San Francesco della Vigna
Pal.Dolfin-Manin
Santa Maria Formosa
San Salvatore
Pinacoteca Querini-Stampalia
Fond. di San Lorenzo
Sc. di San Giorgio degli Schiavoni
San Marco
Basilica di San Marco
San Giorgio dei Greci
Portale dell' Arsenale
Pal. Patriarcale
San Zaccaria
C.po San Zaccaria
Piazza San Marco
Museo Correr
Pal. Dandolo
Riva degli Schiavoni
Riva degli Schiavoni
Ponte dei Sospiri
Pal. Ducale
San Zaccaria
Riva di Ca' di Dio
Arsenale
Museo Storico Navale
Molo
Campanile
San Marco Vallaresso
Canale di San Marco
Riva dei Sette Martiri
Punta della Dogana
Dogana da Mar
C.po San Giorgio
San Giorgio
San Giorgio Maggiore
San Giorgio Maggiore
Canale di San Giorgio
Fond. San Giovanni
Zitelle
Fond. delle Zitelle
Giudecca
Venedig
N
0
300m
Vaporetto-Station

SERIE PIPER

Christiane Martini

Carusos erster Fall

Meisterdetektiv auf leisen Pfoten. 160 Seiten. Serie Piper

Die venezianische Katzenbande um den charismatischen Kater Caruso ist in heller Aufregung: In ihrer geliebten Lagunenstadt ist schon wieder ein Mensch ermordet worden. Wenn das so weitergeht, kommen bald keine Touristen mehr, und dann fallen keine köstlichen Abfälle für die Katzen ab! Carusos detektivischer Spürsinn ist geweckt, und mit seinen Kollegen, allen voran seiner heimlichen Liebe Camilla, beginnt er in den Gassen und Kanälen von Venedig nach dem Mörder zu suchen. Die Spur reicht weit in die Vergangenheit zurück und hat mehr mit Caruso zu tun, als er ahnt: eine geheimnisvolle Komposition Antonio Vivaldis weist schließlich den Weg zu einem verborgenen Schatz in San Marco …

»Carusos erster Fall« ist ein Leckerbissen für jeden Katzenfreund, Krimifan und Venedig-Liebhaber.

05/1984/01/L

Christiane Martini

Venezianischer Mord

Carusos zweiter Fall. 176 Seiten. Serie Piper

In der schönen Lagunenstadt ist schon wieder ein Mord geschehen! Renaldo Bancini, letzter Spross der ältesten Schokoladenmanufaktur Venedigs, soll zu seiner Hochzeit das Jahrhunderte alte Schokoladenbuch mit geheimen Rezepten aus Familienbesitz erben. Doch während der Feierlichkeiten wird Renaldos Vater heimtückisch ermordet und das kostbare Buch gestohlen. Die venezianische Katzenbande um den charismatischen Kater Caruso ist in heller Aufregung, denn eine Katze hat den Mord beobachtet und ist der einzige Zeuge. Mit Carusos detektivischem Spürsinn suchen sie in den Gassen und alten Palästen Venedigs nach dem Mörder und geraten in ernsthafte Gefahr … Ein bezaubernder Roman über die Klugheit von Katzen – mit dem Flair der schönen Lagunenstadt.

05/1985/01/R